Illustration©Banana Nangoku

Opal
オパール文庫

大富豪皇帝の極上寵愛

御厨 翠

プランタン出版

※本作品の内容はすべてフィクションです。

プロローグ

森崎穂乃果《もりさきほのか》は、目の前で優雅にソファで腰を落ち着ける男を呆然と眺めていた。

ここは、最高級ホテルとして名を馳《は》せる『evangelist《エバンジェリスト》』のスイートルーム。ホテルの名を冠した豪奢な部屋で、都内では最大級の広さを誇っている。毛足の長い絨毯《じゅうたん》に、触れるのもためらわれる高価な調度品の数々は、さながら王族が住まう宮殿の様相を呈していた。

だが、リビングでくつろぐ男は、その中においても見劣りしない。それどころか、まるでこの部屋の主のごとき佇《たたず》まいで穂乃果に目を向けている。

「何を呆けているんだ。来い、穂乃果」

少し長めの漆黒の髪をかき上げて、切れ長の黒瞳をこちらに寄越す男は、艶のある低音で穂乃果を呼んだ。それは、命じることに慣れた声。常日頃より、他者を従えてきた者の発する声だ。

自身のために誂《あつら》えられたであろうスーツに、ハイブランドの腕時計、ひと目でわかる上等なダブルバックルの革靴。どれも、以前の彼が身に着けていた代物とはまるで違う。

いや、そもそも穂乃果が出会ったときの彼が非常事態で、今日の前にいる彼こそが本来の姿なのだろうか。

——なぜ、彼がここにいるの……？

幾重にも疑問を連ねた思考は、目の前の秀麗な男の前では無意味だった。

穂乃果は自身に注がれる黒瞳から逃れられずに、ゆっくりと彼に近づいていく。手を伸ばせば届く距離まで近づくと、彼は焦れたように穂乃果の腰を引き寄せた。膝の上に横抱きで座らされ、顎《あご》をすくい取られる。

「ようやくおまえをこの手に抱けた」

「っ……」

至近距離で見る男は、否応なしに人を惹きつける容貌をしていた。今が仕事中でなければ、きっと意識ごと奪われていただろう。

「……鄒《ツオウ》様、離していただけませんか」

「暁龍《シャオロン》、だ。一年前はそう呼んでいただろう。忘れたなら、思い出させてやってもいい」

暁龍の瞳が、獰猛《どうもう》な色を宿して穂乃果に据えられる。この瞳には、覚えがあった。彼と過ごした最後の夜、穂乃果が肌を許したときに見たものだ。

一年前の夜、今では想像もつかないほどボロボロの姿で現れた男は、しかし瞳の力だけは強力だった。

想い出に意識が引きずられそうになって、穂乃果は唇を噛みしめる。

——この人は、何も持たずにわたしの前に現れたときの彼じゃない。もう立場が違うんだから……流されちゃダメだ。

「鄒様、ご用件をお聞かせ願えますか」

穂乃果は理性をかき集めると、平静を装って事務的に告げた。男の膝の上という場所なだけになんとも締まらないが、あくまでも彼はゲストであるという態度は崩さない。それは、穂乃果のホテルウーマンとしての矜持《きょうじ》だ。

「頑《かたく》なだな。それが普段のおまえの姿か。だが、悪くない」

暁龍は穂乃果の腰をしっかり抱いたまま、顎にかけている手に力を込めた。

「おまえは俺の花嫁だ。否は認めない」

「離してください！　わたしは、仕事中で」

「それなら問題ない。俺は客だ。客の相手をするのも、仕事のうちだろう」

「何言って……んっ……っんぅっ……」

強引に唇を重ねられて、口内に舌が挿し入れられる。逃げようとする舌を搦め捕られると、ぬるぬると擦り合わせられた。

すべてを食らい尽くすようなキスは、香港《ホンコン》で体験したときと変わらない。彼によってもたらされた快感を覚えている身体は、キスがきっかけとなって熱を持ち始める。

「んっ、ん……ふ……ぅっん」

くぐもった声に甘さが混じってきたのを自覚すると、穂乃果の頬《ほお》に朱が走る。

このまま流されてはいけない。自分と彼とでは、立場が違う。一年前ならいざ知らず、現在のふたりは、ホテルの宿泊客と従業員なのだから。

「も……やめ……っ」

唇が外れた隙に抗議の声を上げた穂乃果に、暁龍は余裕たっぷりに微笑《ほほえ》んだ。

「やめろと言われてやめると思うか？　それはおまえが身をもって知っているはずだ」

香港での一夜を匂わせる言葉だった。そんなことは、指摘されなくてもわかっている。過去に穂乃果は、目の前の男を受け入れた。一時の熱情だと切って捨てるには、心も身体もこの男を鮮明に覚え過ぎている。忘れてしまうには強烈な存在感で、この一年の間ずっと穂乃果の心に居座っていた。

「ようやくおまえを迎えに来られたんだ。もう逃がさない」

「あ……っ」

暁龍は、穂乃果を抱いていた手を離すと、その場に押し倒した。片手で穂乃果の両手を拘束し、空いた手で制服のリボンを解いていく。

「穂乃果……おとなしく俺のものになれ」

そう言って自分を見下ろす男の瞳には、一年前と同じように欲望がくすぶっている。

穂乃果は心臓が早鐘を打つのを感じながら、彼と出会ったときのことを思い返した。

1章　香港の蜜夜

それは、さかのぼること約一年前の春。四月下旬のことである。

大手外資系ホテル『evangelist』に勤務する森崎穂乃果は、香港にオープンする系列ホテルで現地スタッフの研修を請け負っていた。ホテルに就職して三年目のことだ。

入社してベルに配属されてから経験を積んできた穂乃果だったが、将来的にはコンシェルジュを希望していた。コンシェルジュはホテルの〝なんでも屋〟であり、多種多様な人種と関わることの多い職種だ。

国外のホテルへ赴くことは、自分のスキルアップにもつながる。そう思い、自ら志願して研修に臨むことになった。もちろん、責任者をはじめとするほかのスタッフも派遣されており、穂乃果はあくまでも補佐としてなのだが。

「――それじゃあ、お先に失礼します」

その日の勤務を終えた穂乃果はホテルを出ると、早々にアパートへ戻るべく足を進めた。研修期間は二週間あり、その間は会社が借り上げているワンルームのアパートの一室に宿泊している。もともと現地の従業員に用意された独身用の社宅で、生活に必要なものはすべて揃っている。中環《セントラル》に位置するホテルに近いこともあって、至れり尽くせりの環境だった。

香港に来た当初の退勤後は、観光に繰り出していた。林立する高層ビル群とレトロでノスタルジックな建物が織りなす不思議な街並みは、散歩しているだけで楽しかった。

だが、ちょっとした旅行気分を味わっていたのは最初の数日で、一週間を過ぎるころには疲労が溜まってアパートに直帰するようになっていた。日本ではまだ肌寒さの残る季節だが、香港はすでに初夏の気温である。環境の違いや疲労とで、旅行気分はすっかり失せていたのである。

研修の十日目となるこの日は、午前中のみの勤務で終わった。疲労する身体を早く休めたいと思った穂乃果は、足早に荷李活道《ハリウッド・ロード》近くにあるアパートを目指していたのだが……。

——えっ、何……？

あと数百メートルでアパートに到着というところで、建物の隙間から大きな物音が聞こえてきた。

足を止め、反射的に路地に目を凝らす。すると、大きな影がうずくまっているのが目に留まった。

「大丈夫ですか……⁉」

とっさに出たのは日本語だった。香港に来てからは日本人と話す以外、広東語《カントン》や北京語、英語が主だったが、驚いてつい母国語が出たのだ。

メインの通りから薄暗い路地に足を踏み入れると、うずくまっていた人物が顔を上げた。

「……日本人か。面倒に巻き込まれたくなければこの場から去れ」

顔を上げたのは男性だった。漆黒の髪に瞳、それに流暢《りゅうちょう》な日本語を操っている。

一瞬日本人かと思ったが、雰囲気が違った。それは、日ごろホテルで様々な国のゲストに対応しているからこそわかることである。

長めの前髪から覗く鋭い眼差しは、手負いの獣を感じさせた。同年代か少し上、三十前後の男が発する存在感に一瞬怯《ひる》んだ穂乃果だが、長い手足を力なく地面に放り投げている様子から、少なくともこちらに危害を加えられる状態でないことが窺えた。

幾分緊張を解いて近づくと、男のあり様を見た穂乃果は思わず叫んでしまう。

「あ……怪我《けが》してるじゃないですか……！」

口の端は暴行を受けたのか、腫《は》れて血が滲み、衣服も泥で汚れている。しかも右上腕部は服が裂けて血が流れていた。急いで男の傍《かたわ》らに膝をつくと、鬱陶《うっとう》しそうに手を払われる。

「うるさい。構うな」

「だって血が……すぐに病院に行ったほうが」

「病院には行けない。いいから放っておけ。こんな傷、舐めておけば治る」

そうは言うが、男はつらそうにきつく眉根を寄せているし呼気も荒かった。それに腕からはかなり出血していて、深い傷を負っているようである。

「病院に行けないなら、来てください。手当てしますから」

穂乃果は奇妙な使命感に駆られ、怪我をしていないほうの男の腕を引いた。

無関係、しかも本人も構うなと言っているが、怪我人を放って立ち去るほど薄情ではない。実家にいたころから弟妹の世話を焼いていた典型的な長女気質で、困っている人を放っておけない性質なのだ。

「……妙な女だ。まったく縁のない男の手当てを買って出るとはな」

「傷ついている人の手当てをするのは、人として当然だと思いますけど」

即答すると、男が虚を衝かれたように穂乃果を凝視した。そして長いまつ毛を伏せると、小さく喉を鳴らす。

「そうか……当然か。どうやら俺とおまえとは、生きてきた世界が違うようだ」

「え……？」

「いや、なんでもない。……ありがたく厚意に甘えよう」

男はそれまでのとげとげしい雰囲気から一転し、口角を上げたのだった。

幸いアパートまで近かったこともあり、人目につかずに部屋に入ることができた。

穂乃果は男を椅子に座らせると、片腕だけシャツを脱がせて傷口に消毒液を吹きかける。

「っ……」

一瞬、痛そうに顔をしかめた男は、しかし呻《うめ》き声ひとつ上げなかった。丁寧に血を拭い、ガーゼで止血をする。傷口は鋭利な刃物で切りつけられたような鋭さで、明らかに普通の生活で負う傷ではなかった。

――まさか、犯罪者ではないよね……？

やや戦《おのの》きつつも、男が首から提げていた金のペンダントを避けて包帯を巻き、ようやく息をついた。出血を見てもさほど動揺せず手当てを終えられたのは、ひとえにホテルで培ってきた精神力の賜物《たまもの》だろう。

「……素人目ですが、幸いそこまで深い傷ではなかったようです」

黙ってされるがままおとなしくしていた男は、包帯の巻かれた腕を見て笑みを浮かべる。

「助かった。まさか、純粋に他人を助ける人間がいるとは思わなかった」

男は本気で感心しているようだった。いったいどんな殺伐《さつばつ》とした世界で過ごしてきたのかと不思議に思ったが、他人のプライバシーに踏み込むべきではないと心得ている。あくまで穂乃果は怪我人を手当てしただけで、目の前の男が何者であっても関係はないからだ。

「応急手当てしただけです。病院に行ったほうがいいのは変わりないので……病院に行くのが嫌なら、家まで送りますけど」

「呆れたな。どれだけお人よしなんだ」

「乗りかかった舟ってやつです。それに……」

ここは、穂乃果の勤めるホテルが借り上げているアパートだ。香港へは会社の研修で来ている以上、あまり勝手な行動はできない。男を連れ込んでいるなどと噂が立てば仕事に支障をきたすし、さすがに見ず知らずの異性を宿泊させるような真似はできない。

正直に伝えると、男は得心したようにうなずいた。

「自分の立場も考えているということか。だが、安心しろ。もとよりこれ以上世話になるつもりはない」

男は立ち上がると、自分の着ていたシャツを羽織った。右腕が無残に切れたシャツは血で薄汚れていたが、特に気にする素振りもせず穂乃果に向き直る。

「手当てしてくれたこと、感謝する。だが、世話焼きも過ぎると面倒に巻き込まれるぞ。もしも俺が悪人だったらどうするつもりだ」

「感謝を口にするあなたは、悪い人ではないと思います。たとえ悪人だったとしても、あとで助ければよかったと後悔するよりはマシですし」

「は……つくづく奇特な……」

男の言葉が途中で切れた。次の瞬間、長身がぐらりと傾ぐ。

「大丈夫ですか……!?」

とっさに椅子につかまって転倒を免れた男は、しかしそのまま顔を上げなかった。今にも倒れそうな男の背に慌てて手を添えた穂乃果は、先ほど手当てしていたときよりもその身体が熱いことに気づく。

——もしかして……。

男の顔を覗き込むと、呼気を乱しながら苦しそうに眉を寄せていた。とっさに彼の首筋に手を当てれば、やはり肌は熱を持っている。

「熱が出てきたみたいですし、この状態で移動するのは危ないです。とりあえず、そこにあるベッドで休んでください」

「おまえは……何を言っている。この部屋は自由に使えないと……」

「緊急事態です。病人を放り出すような真似はできません」

はっきりと言い切ると、男をベッドへ促した。赤の他人、しかも正体不明の男だが、不思議と手を貸したくなる。それはたぶん、彼の言葉の端々に自分への気づかいを感じたからだ。

悪人であれば、わざわざ「世話焼きも過ぎると面倒に巻き込まれるぞ」などと忠告しないだろう。もっともそれは、楽観的過ぎる考えかもしれないが。

「……悪い。少しだけ、寝かせてくれ」

男はやはり限界だったようで、ベッドに倒れ込むように横たわった。穂乃果は急いでチェストから冷却シートを取り出すと、彼の額にのせる。

——ひどい熱……やっぱり、腕の傷が原因なのかな。

上掛けをかけて様子を見ていると、傷が痛むのか時折苦しそうに呻いている。見た目の傷は口もとの腫れと右上腕部の切創だけだが、見えない部分も傷を負っているのかもしれない。

「……とりあえず、着替えと痛み止めの薬を買ってこないと」

穂乃果は部屋を出ると、アパートの近くにあるショッピングモールに赴き、男物のルームウェアと、湿布《しっぷ》や痛み止めなどを購入した。ついでに少し多めに食料を買い込み、急いで部屋に戻ろうとする。

しかしそのとき、何やら剣呑な雰囲気を漂わせてキョロキョロと視線を巡らせる数人の男が目に飛び込んでくる。

男たちはブラックスーツを身にまとっていたが、ビジネスマンや観光客の類ではなさそうだ。一様に双眸は鋭く、中にはプロレスラーと見まがう体格の者もいた。

好意的に見て、要人を守るボディーガード。正直な感想は、その筋の人間である。

およそ一般人には見えない風体の男たちは、広東語で「この辺りで傷を負った男を見なかったか」と道行く人たちに尋ねていた。

――もしかして、あの人を捜してる……？

穂乃果が香港に来てほんの十日だったが、これまでアパートの付近で柄の悪い人間など見かけなかった。

それが、穂乃果が傷を負った男を保護した直後から、怪しい風体の人間がうろついている。どう考えても、偶然とは思えない。

自分が保護した男を捜しているのだと確信した穂乃果は、なるべくそちらを見ないように足早にその場を立ち去ろうとした。けれども、通り過ぎようとした瞬間、男たちのひとりが穂乃果に近づいてくる。

「おい、あんた。この男を知らないか？」

広東語で威圧的に話しかけてきた男は、一枚の写真を突きつけてきた。写真を見た穂乃果は心臓が大きく跳ねたものの、動揺を悟られないように笑顔を作ると、〝日本語〟で答える。

「いったいこの人は誰なんですか？」

「……もういい、行け」

犬を追い払うように手を動かした男は、穂乃果に言葉が通じないと判断したらしく、興味を失ったようだ。

――よかった。とりあえず、疑われずに済んだみたい。

まだ心臓がバクバクと音を立てていたが、動揺を振り払うように足を進める。

見せられた写真に写っていたのは、やはり自分が保護した男性だった。しかしその写真は隠し撮りのようで、彼が車に乗り込もうとする一瞬を狙って写したものだ。

知り合いならば、隠し撮りなどしないだろう。となれば、現在穂乃果の部屋で眠っている男を傷つけたのは、先ほどのブラックスーツの集団である可能性がある。

――さっきの男たちが、彼の居所を知ったら……彼はただでは済まないかもしれない。

想像すると、背中にドッと汗が噴き出した。

香港へは研修に来ている身だし、厄介ごとに巻き込まれるわけにはいかない。このまま警察へ届け出たほうがいいのではないか――そう思った穂乃果は、しかし警察へ足を向けることはなく、アパートへ戻ることを選択した。

無鉄砲で考えなしかもしれない。それでも、傷ついて苦しんでいる男を見捨てる選択はできなかったのである。


――あ、さっきより落ち着いているみたい。

部屋に戻ってきた穂乃果は、男の呼吸が先ほどよりもおだやかになっていることに胸を撫で下ろした。

相変わらず表情は険しいが、それでも熱は少し下がっている。タオルで首筋に浮いていた汗を拭ってやると、冷却シートを取り換えようとする。すると、わずかに身じろいだ彼が薄っすらと瞼《まぶた》を上げた。

「あっ、起こしてしまいました？」

「おまえ、は……」

状況を把握するのに数秒を要した男は、すぐにハッとして起き上がろうとする。その胸を押し返すと、穂乃果は彼の顔を見据えた。

「熱がまだあります。このまま寝ていてください」

「……少しの間ベッドを貸してもらっただけだ。これ以上長居はしない」

上半身を起こして頭を振った男に、穂乃果は買ってきたルームウェアを手渡した。

「長居も何も、まだ熱があるじゃありませんか。病人なんだから、遠慮しなくていいです。それよりも着替えてください。そのシャツは汚れていますし、汗もかいたでしょう？」

「……わざわざ買ってきたのか」

「はい。この部屋には私の洋服しかないので。それと、痛み止めの薬も買ってあるので、飲んでください」

有無を言わせない調子で話を進める穂乃果に、男は呆気に取られたようだった。けれども気分を害したわけではなく、可笑《おか》しそうに表情をゆるめている。

「おまえ、何も見返りは求めないのか？　薄汚れた男を拾って世話をしたところで、なんの得もないだろう」

「見返りなんて求めません。でも、そうですね……元気になったら、ホテルに泊まりにきてくれると嬉しいです」

「ホテル？」

穂乃果は、自分が日本にあるホテル『evangelist』の従業員であることを伝えた。元気になったら、いつか日本に来たときにホテルに宿泊してくれればいい。だから気にせずここにいてくれて構わないと伝えると、彼はわずかに目を見開いた。

「そのホテルなら知っている。日本でも五指に入るほど有名な一流ホテルだ。たしかもうすぐ香港にも系列ホテルがオープンすると聞いたが」

「そのホテルの社員研修に来ているんですけど、あと少しで帰国するので……それまでに、ちゃんと熱を下げてくださいね」

彼はおとなしく穂乃果の用意した水を口に含み、薬を飲んだ。まだ熱があるため気だるげだったが、それでも会話を止めずに続ける。

「おまえ……自分が何を言っているのかわかっているのか？」

「当たり前じゃありませんか。それよりあなたこそ、わたしが帰国するまでに体調を回復させてくださいね。ここにいられるのは、あと数日しかないんですから」

「肝が据わっているというか……本当に変な女だな、おまえは」

穂乃果の言葉に、男は思わずといったふうに噴き出した。けれども口もとの傷が痛んだようで、顔をしかめて小さく呻く。

「ちょっ……大丈夫ですか!?」

「……少し、傷に障った。あまりにおまえが予想外なことばかり言うからだ」

男はそう言いながら、おもむろにシャツを脱いだ。穂乃果の提案を受け入れたらしく、ルームウェアに着替え始める。露わになった上半身は腕の負傷のほかにも細かな傷や打撲痕があり、穂乃果は購入した湿布を彼に貼りつけた。

「着替えるついでに、湿布を貼っておきますね。どこかほかに痛いところはありますか?」

「ひどいのは腕の傷だけだ。この程度の打撲なら問題なく動ける。発熱も、腕の傷からきているものだ。じきに下がる」

男が語るように、腕以外は比較的軽傷のようだ。安堵して着替えを補助しようとした穂乃果は、彼の左上腕部に拳程度の大きさの痣《あざ》があることに気づく。

——あれは、龍?

先ほど手当てしたときは、右半身だけを脱いだ格好で気づかなかったが、ずいぶんと不思議な形の痣である。

あまりにもはっきりとした形だったため、刺青《いれずみ》なのかと思った。でも、そういった不自然に手を加えたものではなさそうだ。まるで、空へ昇っていく龍を思わせる痣に目を引きつけられて、つい凝視してしまう。

「これが気になるか？」

視線に気づいた男が、自身の左上腕に視線を落とす。穂乃果は慌てて首を振ると、彼の脱いだ服を拾って後ろを向いた。

「ちょっと、変わった形の痣だと思っただけです。不躾ですみません」

「べつに構わない。だが、忘れろ。……覚えていても、ロクなことにならない」

静かな、しかし重く響く声だった。

彼は痣に対して、何かコンプレックスでもあるのだろうか。昇龍の形をした痣など神秘的ですらあると思ったが、本人にしてみれば触れられたくない話題だったのかもしれない。

「あの、ごめんなさ……」

謝罪しようと振り返った穂乃果だが、彼が下着姿だったためふたたび後ろを向いた。家族でもない異性の下着姿を見るのは恥ずかしく、さすがにうろたえてしまう。それでなくとも、男性の下着姿など見慣れてはいないのだ。

「シャツ……は、洗ってもダメそうですけど、パンツはどうしますか」

動揺を悟られないようにまったく違うことを口にすると、背後で笑った気配がした。

「妙な女だ。見ず知らずの男の怪我を手当てする度胸があるかと思えば、どうでもいいことで動揺する。男を誘惑する手管ならたいした演技だが、どうやらそうでもないようだな」

「……演技をする理由なんてありません。下着姿なんて、普通は動揺すると思いますけど」

ムッとして言い返し、首だけを振り向かせる。怪我をしているから着替えをひとりでできるのか気になったが、彼はなんとか自分で着替えたようだ。ルームウェアは、ウェストがゴム製のパンツ、それに前ボタンの生成りのシャツといったシンプルなものだ。しかし彼はボタンをしておらず、腕を通しただけの状態にしている。

「ボタン、留めましょうか?」

「いや、いい。それよりも、大事なことを言っていなかったな」

男は座ったまま、穂乃果に右手を差し出した。

「――俺は、暁龍だ。暁の龍と書く」

「暁龍、さん?」

「〝さん〟はいらない。暁龍でいい」

「じゃあ……暁龍。わたしは、森崎穂乃果です。よろしくお願いします」

差し出された手を握って自己紹介すると、暁龍が目を細めた。

「穂乃果、俺を助けてくれたこと……感謝する」

握り返してきた手は、細かな傷がいくつもついていた。けれども、どこか他者を包み込むようなやさしいぬくもりを持った手だ。

不思議な心地で握手を交わしていた穂乃果は、彼に告げなければいけないことを思い出して表情を改める。

「……あなたに話しておかなければいけないことがあります」

「なんだ？」

「じつは、さっき出先であなたを捜している人たちと出くわしました」

穂乃果は、先ほど怪しい男たちが暁龍の写真を持って街をうろついていたこと、相手が広東語だったため日本語で答えると、男たちの興味が逸れたことなどを話して聞かせた。

眉をひそめて話を聞いていた暁龍は、ふと低く喉を鳴らす。

「……なるほど、おまえはやはり度胸がある。危険を察知する嗅覚も備わっているとは、ホテルに勤めさせておくには惜しい女だ」

「危険、って……」

「おまえが察した通り、俺はその男たちに追われている。この傷も、やつらに負わされたものだ。おまえを危険にさらすつもりはないが……俺を匿《かくま》っていることにためらいがあるなら、今すぐ俺を追い出せ。そのことでおまえを責めはしない」

切れ長の鋭い瞳は、穂乃果の身を案じていた。自分自身も余裕などないはずなのに、自らが追われていることを明かしただけではなく、他人を案じる彼は悪い人間ではない。そして穂乃果もまた、ここで暁龍を放り出せるような性格ではなかった。

「追い出すくらいなら、最初から助けていません。わたしを心配してくれるあなたは悪い人ではないだろうから」

「そうか。ならば俺は、全力でその厚意に応えねばな。おまえが困ったときは、必ず俺が助けると約束しよう。――穂乃果、覚えておけ。おまえが救ったのは、俺だけじゃない。俺の大事にしている者も救ったんだ」

大仰なセリフだが、暁龍に言われるとなぜだかそれが違えることのない誓約のように聞こえた。

彼の言葉には、聞く者に訴えかける力がある。穂乃果がそんなふうに感じたのは、自身が勤めるホテルの入社式で、日本支社の社長を見たとき以来だ。若くして社長に就任した男は、強い求心力を感じさせる人物だった。入社式でスピーチを聞いた社員たちの士気は高まり、このホテルに骨を埋めようという気持ちにさせられた。

一流として名を馳せる『evangelist』の日本支社社長と暁龍は、同等の存在感がある。自身が覚えた感想に驚いた穂乃果だが、暁龍の身体が傾いだのを見て我に返る。

「暁龍……！」

「……悪いが、少し眠る。それと、おまえが見た男たちとまた会ったとしても絶対に関わるな。何があっても、俺とは無関係だと貫け」

それだけを言うと、暁龍の身体はベッドに沈んだ。慌てて彼の額に触れると、また熱が上がっている。今まで平然と会話をしていたが、無理をしていたのかもしれない。

——とにかく、熱を下げないと。

暁龍の額に冷却シートを貼ると、穂乃果はその夜ほぼ不眠で看病を続けた。

翌朝。穂乃果は眠っている暁龍を起こさないように、そっとアパートを出た。

中環エリアの中心部に位置するホテルは、アパートからも徒歩圏内で行ける距離にある。駅やフェリー乗り場も近くにあり、ロケーションも抜群だ。

オープン前の研修ということで、基本的に昼間の勤務のみで夜勤はない。この勤務体系は助かった。本来の昼夜勤が入り混じるシフトならば、暁龍の看病はできなかっただろう。

「おはよう、森崎」

ホテルに着き従業員通路に入ると、同僚のホテルマンである広田《ひろた》真一《しんいち》と遭遇した。穂乃果と同じく日本より派遣された同期入社の男性だが、笑うと年齢よりも若い印象になる。

ホテルマンらしく清潔感のある短髪と、大きな目が特徴的な彼は、穂乃果が挨拶《あいさつ》を返すと、なぜか首を傾げた。

「寝不足か？　少し目が赤くなってるみたいだけど」

「あー、うん。まあ、ね」

適当に言葉を濁す穂乃果に、広田が真面目な顔で注意を促す。

「あと数日で研修が終わるからって、気を抜かないほうがいいぞ。俺たちがミスをすれば、うちの社長の沽券に係わる」

「うん、わかってる」

香港の系列ホテル開業にあたり、穂乃果たちが研修として訪れているのは、日本支社の社長である佐伯尊《さえきたける》が開業に携わっていることも理由にあった。

穂乃果たちが入社した年に『evangelist』日本支社の社長に就任した佐伯は、それから間を置かずに国内では有数のリゾート施設に隣接するホテルの開業も任されて、オープン直後から順調に稼働率を上げている。若くしてやり手の人物である。

『evangelist』日本支社で働く従業員らは、皆社長に憧れと尊敬の念を抱いていた。広田は特にそれが顕著で、自他ともに認める社長の崇拝者だ。入社してメインダイニングに配属された彼は、アシスタントマネージャーに昇格間近の優秀な人物であり、穂乃果も同期として励みになっている。

――わたしも負けていられない。頑張らないと。

広田に活を入れられてうなずくと、ちょうど更衣室に着いた。穂乃果は、アパートにいる暁龍のことを一時忘れ、仕事に意識を切り替えた。

＊

暁龍は、主のいない狭いアパートで、まだ熱の残る身体をベッドに横臥《おうが》させていた。

昨日、縁もゆかりもない女に拾われて、そのまま狭いアパートの一室に居座っている。この状態が自分でも信じられないし、なかなか興味深いとすら思う。

まるで他人事のような感想を抱いていた暁龍だが、純粋に彼女に感謝もしていた。

――実際、穂乃果との出会いがなければ、どうなっていたかわからないな。

穂乃果に発見される少し前。暁龍は、追ってくる複数の男たちに抗って傷を負った。なんとか振り切って路地裏に身を潜めていたが、穂乃果がアパートに匿ってくれなければ、あの男たちに連れ去られていただろう。そうなれば、最悪、自分はこの世にいなかったかもしれない。

穂乃果との出会いは、まさに幸運だ。いや、それとも自分自身の強運が引き寄せた必然だったのだろうか。

まだ熱に浮かされる頭で考えていた暁龍は、ルームパンツに入れていた携帯の振動を感じて取り出した。ディスプレイには、己の腹心の名が表示されている。

「――早晨《ピンイン》」

広東語で短く朝の挨拶を告げると、暁龍の腹心――朱琳《シュリン》は、焦ったように主を責め立てた。

『早晨じゃないわよ！　襲撃を受けたって聞いて、私がどれだけ焦ったと思ってるのよ！　行方不明だって連絡があってから、こっちはもう大変だったんだからね！』

「悪かった。……ちょっと、深く眠ってしまってな」

暁龍が朱に連絡を入れたのは、今朝目覚めてからだった。それも、ほんの三分ほど前のことである。昨日は穂乃果が用意してくれた痛み止めが効いて泥のように眠っていたため、連絡することができなかったのだ。責められるのは心外だが、朱が自分を心配していたことは想像に難くない。

暁龍は、傷を負ったこと、そして日本人の女に救われたことを簡潔に伝えると、電話の向こうで朱が息を呑む気配がした。

『さすがは、鄒暁龍。悪運が強いわね。それとも、龍の加護を持つ男だからかしら。普通なら……とっくにその命、失っていてもおかしくないわよ』

「だが、俺は生きている。まだやるべきことが山と残っているからな」

『……それで、傷の具合は？　今なら極秘に迎えに行って入院できるよう手配するけど』

「いや、どうせこの場にいられるのは明後日までだ。それまでは、ここで養生させてもらうことにする。ここはまだ敵に知られていないからな。ゆっくりするにはちょうどいい」

暁龍は、この部屋の主の事情を簡単に説明すると、三日後の早朝にこのアパートの前まで迎えに来るよう朱に命じた。朱はそれを了承し、最後に懸念を伝える。

『くれぐれも気をつけて。それと……その部屋の子、信用できるの？』

「ああ。見ず知らずの男に寝床を提供して、手当てをするくらいお人よしのいい女だ。俺は純然たる厚意というものに久しぶりにお目にかかった」

どこか楽しげな声音で答える暁龍に、朱があからさまにため息をつく。

『あまり、その子に深入りしちゃダメよ？』

「それは約束できない」

そもそも、深入りしているというよりは、深入りさせているといったほうが正しい状況だ。それに、もし仮に穂乃果に深入りしたくなったとしても、朱に咎《とが》められる筋合いはない。

「おまえは余計な心配よりも、俺を襲った男たちの背後関係を洗え」

暁龍は通話を終わらせると、ベッドから抜け出して部屋を見回した。

中央にある小さなテーブルの上にはメモ書きと、昨日飲んだ市販の痛み止めやゼリー状の飲料、サンドウィッチなどが置かれている。メモ書きには、暁龍が日本語を話せても読み書きはできないと思ったのか、『食べられるようなら食べてください。夕方には戻ります』と、英語で書かれていた。

――気の利く女だ。

暁龍は、まだ少し腫れている口の端をわずかに引き上げた。

昨日は発熱により気がまわらなかったが、穂乃果は自分のベッドを明け渡してくれている。しかも夜の間も暁龍の世話をし、その後仕事に出て行った。ふたり掛けのソファで仮眠を取ったようで、ソファの上にはブランケットがたたんで置かれている。ロクに眠っていないであろう穂乃果の状態を想像すると、さすがに気が咎めた。

肩の傷は明らかに切創であったし、不審な男たちに追われていることを彼女は知っている。それでも深く追及はせずに、身体の回復に尽力してくれた穂乃果の行動に、感謝せずにはいられない。

「……情の深い女だ。いや、それだけじゃ片付けられないか」

首に提げたペンダントにシャツの上から触れて、ひとりごちる。指先に触れるのは、金で作られた昇龍だ。龍がモチーフとなっており、自身の名の由来にもなった代物である。代々一族を束ねる者の証として受け継がれているこのペンダントは、もともと父から母に贈られた。しかし、ある事件をきっかけに、暁龍が身に着けることとなった。

瞼をきつく閉じると、まだ痛みの残る腕に手をやる。

――この借りは、必ず返す。

暁龍は心に誓うと、テーブルに用意されていたゼリー状の飲料を口にした。

＊

その日、穂乃果がアパートに帰ってきたのは午後六時をまわったころだった。

部屋に戻る途中で、暁龍の着替えと、このアパートにいる期間分の食事を買い込んでいる。今日の夕食を合わせると、この部屋でとる食事は片手で足りる。ほんの二週間の滞在期間は、終わりを迎えようとしていた。

――あっという間だったな。まさか、あと少しで帰国するときに怪我人を保護することになるとは思わなかったけど。

知っているのは名前だけの正体不明の男。普通なら関わり合いにならないし、誰彼構わず助けるほど人がいいつもりもない。ただ……路地裏で暁龍を見たとき、惹きつけられたのだ。彼の強い眼差しに。

とはいえ、三日後の午前中には部屋を引き払わなければならない。そこで、彼とはお別れだ。そのことが、ほんのわずかな寂しさを穂乃果に与えている。

鍵を開けて部屋の中に入ると、暁龍はベッドの上でまどろんでいた。荷物を置いて彼の傍に近づくと、かすかに震えた瞼がゆっくりと開く。

「穂乃果、帰ったのか」

「はい。起こしちゃいましたね」

「いや、ちょうどいい。おまえが帰ってきたら、シャワーを借りたいと思っていた。悪いがタオルを貸してくれ」

ベッドから身体を起こした暁龍を、穂乃果は慌てて押し留めた。

「昨日の今日でシャワーなんてダメですよ！　傷口が開いたらどうするんですか。それにまだ、熱だって下がっていませんよね？」

「おまえが用意してくれた薬のおかげで、熱はもう下がった。傷口に湯をかけなければ大丈夫だろう」

「そういう問題じゃありません！　せめて、今晩は安静にしてください。汗をかいたなら、タオルで拭きますから。それと、下着類を買ってきたので、よければ着替えてください」

穂乃果はてきぱきと買ってきた下着を取り出してベッドの上に置いた。それから洗面所でタオルを濡らして絞り、電子レンジの中に放り込む。

「おい、何をしているんだ？」

「身体を拭くための蒸しタオルを作ってるんです。清拭すれば、さっぱりすると思います」

説明が終わると、ちょうど電子音が鳴り響いた。穂乃果はタオルの温度を確かめつつ、暁龍の前に立つ。

「包帯も替えるので、脱いでもらっていいですか？」

「……おまえが世話焼きなのは昨日でわかっていたが、ホテルで働いているからか？　それとも、日本人の〝おもてなし〟というやつなのか？」

「そういうものではないと思います。ただ、わたしは弟や妹がいるので……実家にいたころはよく面倒を見ていたから、その影響かもしれません。うるさかったら言ってくださいね」

「質問に他意はない。うるさいどころか、助かっている」

暁龍はルームウェアを脱ぐと、穂乃果を見上げた。

「おまえは自分の仕事もあるというのに、俺の世話を焼いてくれている。それが悪いと思っただけだ。得体の知れない男の世話をする義理はないだろう」

「わたしが勝手にしていることですから、変な遠慮はしないでいいです。包帯を取るので、後ろを向いてもらっても？」

「ああ。まったく……本当に、変な女だ」

苦笑を漏らして暁龍が背を向けると、穂乃果は彼の右上腕部に巻いてある包帯を解いた。

血がこびりついているガーゼを取り去って消毒を施し、新しいガーゼを押し当てる。傷痕はまだ生々しかったし痛みもあるはずだが、暁龍は無言を貫いていた。

「包帯は、身体を拭いてからにしますね」

声をかけてから、蒸しタオルで背中を拭っていく。少し長い襟足に、広い肩幅と背中がやけに色っぽい。

——男の人に対して、こんなふうに思ったことなんてないのに……。

実家では、風呂上がりに父や弟が上半身裸でいることも多かったから、男性の肌を見慣れていないわけではない。それに、少ないながらも異性とそういう関係になったこともある。

男の肌を見た程度で照れる素地はないのに、なぜか暁龍に対しては妙に意識してしまう。彼の肌は昨日よりも熱くはないのに、触れているだけで自分の体温が上がりそうだ。

そんな心中を悟られまいと黙々と背中を拭っていた穂乃果に、暁龍が声をかけてくる。

「弟や妹の世話もよくしていたのか?」

「そうですね……わたしは長女なので、そういう役割だったんです。少し年が離れていたこともあって、忙しい両親に代わって面倒を見ていました」

弟とは六歳、妹とは八歳離れている。両親が共働きだったこともあり、弟妹が幼いころは何かと世話を焼いていた。穂乃果の世話焼き気質は、そういった家庭環境によるところも大きい。そう自覚しているからこそ、少し恥ずかしく思えてしまう。

「……世話焼きというか、お節介なのかもしれませんね、昔も、〝所帯じみて、まるで母親みたいだ〟って言われたことがあります」

「弟たちにか？」

「いえ……」

曖昧《あいまい》に言葉を濁した穂乃果だが、暁龍は察したようだった。フンと鼻を鳴らすと、「男か」とつまらなそうに言っておもむろに振り返る。

「家族を大事にしているだけだろう、おまえは。たしかに、俺のような得体の知れない男を匿うおまえは、お節介を通り越して無謀だ。だが……」

暁龍は、タオルを持っていた穂乃果の手を強く握った。

「俺には、とても〝母親〟には見えないな。どこからどう見ても、可愛い女だ」

「なっ……何言ってるんですか。お世辞ならいりませんから」

「俺は、世辞は言わないタチでな。おまえを可愛いと思ったから、そう言っている」

強い眼差しにさらされて、心臓が激しく動き回っている。穂乃果は速まる鼓動をどうにもできずに、視線をうつむかせた。

するとと暁龍は、握っていた穂乃果の手を自身の顔に近づける。

「手の甲に擦り傷があるな、どうした」

「あっ、それは仕事中にちょっと……ぶつけてしまって。たいしたことないですし、舐めておけばそのうち治ります」

「それなら俺が、治してやる」

暁龍は穂乃果が疑問を挟む前に、手の甲に唇を寄せた。そして舌先でそっと傷口を舐める。

「あ……っ」

とっさに手を引こうとするも、強く握られているせいでそれもかなわない。艶めかしい舌の感触が手の甲を這い、背筋に震えが走る。その震えは恐怖からではない。明確な欲望を男から感じ取り、官能を刺激されたのだ。

「やっ、やめ……っ」

拒絶の言葉を吐いた穂乃果に、暁龍の視線が向けられる。彼は止めるどころか、挑発的に上目で見つめながら穂乃果の手の甲を舐めていた。飢えた獣が獲物を前に舌なめずりをしているように見えて、なぜだか目が離せなかった。

「この程度で、ずいぶん可愛い反応をする。そんなにいいか、俺の舌は」

ようやく唇を離した暁龍が、揶揄《やゆ》するような笑みを浮かべる。穂乃果は恥ずかしさのあまり頭に血が上り、持っていたタオルを暁龍に投げつけた。だが、難なくタオルを受け止めた暁龍が、眉をひそめる。

「おまえ……怪我人に何をするんだ」

「怪我人だったら、おとなしくしててください！」

穂乃果は暁龍から距離を取ると、真っ赤になって叫んでいた。自分でも動揺し過ぎだと思ったが、暴れる鼓動はどうしようもない。

何せ彼氏がいたのは数年前——学生時代の話だ。大学生になって同じゼミの先輩に告白されて付き合ったが、長くは続かなかった。当時の穂乃果は、両親に代わって実家の家事を負担していたし、彼氏よりも家を優先させた。

その結果、『所帯じみてる。母親かよ』と言われてしまった。自分でも自覚はあった穂乃果だが、初めてできた彼氏から言われたものだからショックを受けたのを覚えている。

穂乃果が付き合ったのは、あとにも先にも大学時代の彼氏だけ。就職してからはとにかく仕事を覚えるだけで精いっぱいで、恋愛は二の次だった。ホテルにも男性社員はいるが、恋愛対象というよりも同志だと思っているし、それは相手も同じだ。だから、あまり女扱いされることに慣れていないのである。

「ムキになるのは、俺を意識していると言っているようなものだ。それに……抵抗しているなら、逆効果だからやめておけ。余計に男を煽《あお》るぞ」

不敵な笑みとともに告げられて二の句が継げずにいると、暁龍の手が伸びてきた。避ける間もなく手首をつかまれ、そのまま胸に引き寄せられる。

「何するんですか……っ」

「おまえは危機感に欠けているようだ。男を煽ったら、どうなるかを教えてやる」

「やめっ……んんっ」

穂乃果の顎をつかんだ暁龍は顔を上向かせると、強引に唇を重ねた。驚いて胸を押し返そうとしたものの、顎から離した手で後頭部を押さえつけられて身動きが取れない。

――どうしてこんな……キスなんて……。

「んぅ……っ、ふ……ん」

舌先で唇をこじ開けられて、なす術もなく口腔に彼の舌を受け入れる。戸惑う穂乃果の舌を搦め捕った彼は、表面や裏側をたっぷりと舐めていった。口内でいやらしく蠢《うごめ》く舌は、服従させるかのように傲慢《ごうまん》だ。しかし、怖いと思う一方で、別の感覚がせり上がってくる。

「んんっ……ぅ……っ」

唾液が混ざり合う音が耳をつき、腰骨の辺りがむずむずと疼《うず》き始める。快感の予兆を自覚した穂乃果は、羞恥《しゅうち》で顔が赤くなった。

出会って間もない謎の男に、強引にキスをされている。それだけでも充分困惑するというのに、感じているなんて信じられない。

「や……っ」

ようやく解放されたころには、すっかり息が上がっていた。

こんな強引な行為は許せないのに、強く拒めなかった自分に混乱したまま暁龍を見つめると、彼は悪びれた様子もなく指先で穂乃果の口の端に触れた。

「やわらかいな、おまえの唇は。癖になりそうだ」

「勝手なこと言わないでください！　それに、キスするなんて」

「おまえは自分が女だと忘れているようだったから、思い出させてやったまでだ。それに俺も、無害な男じゃないぞ」

まだ傷が癒えていないというのに、暁龍はそうと感じさせない態度だった。

思わず言い返そうとした穂乃果だが、彼の腕にある傷を思い出して救急箱に手を伸ばす。包帯を取り出すと、平静を装って彼に言った。

「包帯を巻くので、腕を出してください」

「……おまえは本当に面白い。俺の周囲にはいなかったタイプだな」

暁龍は感嘆の言葉を吐くと、素直に穂乃果に従った。

ホッとしてこっそり息を吐き、意識しないようにと頭の中で繰り返しながら包帯を巻いていく。よく見れば、彼の上半身は皮膚が引き攣《つ》れたような細かな傷が多かった。最近にできた傷ではなく、古傷のようだ。

命に関わるような深い傷ではなさそうだったが、今回のことと照らし合わせても、彼は常に身の危険にさらされていることが窺える。

「……はい、終わりました。これから夕食を作るので、おとなしくしててくださいね。変なことしたら、ご飯あげませんから」

「変なこととは、キスのことか？　それなら、もうしないとは約束できない。俺は、おまえを気に入ったからな」

「……っ」

軽口を叩かれているだけだと思うのに、意味深に笑みを深められれば否応なしに心臓が跳ねる。

——ああ、もう。こういうとき、男の人を上手くかわせないから困る。

暁龍に、女として見られている。そう自覚をしたことで、嫌でも意識せざるを得ない。ひょっとして、とんだ危険人物を匿ってしまったのかもしれない。穂乃果は居心地が悪くなって彼から目を逸らすと、そそくさとキッチンへ向かった。


「——美味かった」

暁龍は、穂乃果が準備した料理をぺろりと平らげた。昨夜から今朝にかけて熱に浮かされ、寝込んでいたとは思えない回復ぶりである。

「食欲もあるみたいだし、よかったです。でも、無理は禁物ですからね」

キッチンで皿を洗いながら声をかけると、暁龍はわずかに眉をひそめた。

「無理なら、おまえのほうがしているだろう」

「えっ……わたしは無理なんてしていませんけど……」

「俺の看病で、昨夜はロクに寝ないまま仕事へ行ったはずだ。その証拠に、おまえの目は充血している。どう見ても寝不足だ」

今日、同僚の広田にも指摘されたことだった。穂乃果は食器を片付けながら、暁龍に苦笑してみせる。

「少し睡眠不足なだけで、無理はしていません。わたしこう見えても、体力はあるので」

「そういう問題じゃない。今夜は、ちゃんとベッドで休め」

「わたしは大丈夫です。あなたはまだ体調がよくないんですし、遠慮せずにベッドを使ってください」

予想よりもだいぶ回復しているようだが、暁龍が怪我人であることに変わりはない。

三日後の朝にはこの部屋を出なければならない。暁龍がそのあとどうするのかはわからないが、休めるときにしっかり休んでおいたほうがいいだろう。ただでさえ彼は、正体不明の怪しい男たちに追われているのだから。

それなのに、自分のことよりも穂乃果を心配する彼に、つい笑みが零れる。

「暁龍は、やさしいですね」

「そう言えるおまえはたいした女だな。まったく……やさしいのはおまえのほうだろう。つくづく変わった女だ」

可笑しそうに笑った暁龍は、ごろりとソファに寝そべった。長い脚をソファに投げ出しているその様は、さしずめ大きな肉食獣――しなやかで美しい黒豹を思わせる。怪我をしている腕を庇って横向きになった彼は、その目を伏せると独白のように言う。

「……久しぶりに、休日を味わっている気がする」

「え?」

「俺は、常に気を張る状況に身を置いている。だから、何も考えずに眠れる環境にいるというのは珍しい。おまえに拾われたおかげだな」

暁龍の口調は、この状態を楽しんでいるように聞こえた。何者かに傷つけられて路地裏にひとり倒れていた男の言葉にしては、やけに余裕がある。

しばらく彼を見つめていたものの、それ以上口を開かなかった。じっと目を閉じて何かを考え込んでいるようだったので、「シャワーを浴びてきます」と告げてから、バスルームに入る。

ワンルームだからさほど広くはなかったが、トイレとは別のためさほど不自由はなく利用できる。猫足のバスタブはひとりで入るには充分な大きさで、穂乃果はたっぷり湯を張ったバスタブに浸かることを楽しみにしていた。

——まさか、キスされるとは思わなかった。それに……あんなふうに言われるなんて。

穂乃果は先ほど暁龍にされたキスを思い出して、ひとり湯船で悶える。

身体の自由も思考も奪うかのような強引なキス。だけど、不思議と暁龍に対する嫌悪も恐怖も感じなかった。そのことが、自分でも不思議でならない。

出会ったばかりの男とキスをするような性格ではないし、今のところ恋愛をしたいとも思っていない。恋愛よりも、自身の夢であるコンシェルジュになることのほうが重要で、女としてよりもホテルウーマンとしてのスキルを磨きたいと思っているからだ。

それが、暁龍にキスをされて感じてしまった。それどころか、「可愛い女」と言われたことが嬉しくなっている。ただ軽薄な男に言われたのなら、喜びはしなかった。けれども彼の言動には女を求めるための手管は感じず、そのときの気持ちに忠実なだけに見えた。

だからこそ、心の琴線に触れて、彼を拒めなかったのだ。

たかがキスひとつ。そう割り切れる性格であればよかったのに、残念ながらそうではない。二十五歳にもなるというのに、自分のうろたえぶりが情けなかった。

——きっと、からかわれただけ。気にしないようにしなきゃ。

暁龍と過ごす日は、明日と明後日の二日間。それを過ぎれば、穂乃果の研修期間は終わり、彼と別れて日本へ帰国する。

あまり深入りしないようにしなければいけない。あくまで彼を一時的に保護しただけであり、この先のふたりの人生が交わることはないのだから。

　バスルームで考え込んでいたせいで、ずいぶんと長風呂になってしまった。穂乃果が部屋に戻ると、暁龍は先ほどと同じ体勢でソファにいて、目をつむっている。

「暁龍……？」

　声をかけたものの、寝入っているようで反応がなかった。その場にしゃがんで彼の顔を見つめると、改めて端整な顔立ちだと見入ってしまう。

　シャープな顎のラインに高い鼻梁は、まぎれもなく美形そのものである。今は閉じられているが、意志の強さを感じさせる切れ長の瞳は、まるで黒曜石のようだ。いっさいの無駄をそぎ落としたかのような体型とこの容貌ならば、日ごろさぞ人目を集めていることだろう。

——今日は、このままここで寝かせたほうがいいのかな。

　怪我人をソファで寝かせるのは心配だが、せっかく寝入っているのに起こすのも可哀想だ。それに彼は、穂乃果にベッドを明け渡すためわざとここで寝たのだろう。

　暁龍の気づかいを汲《く》み取った穂乃果は立ち上がると、持ってきたブランケットをかけた。

「おやすみなさい、暁龍」

　小さく声をかけても、目を覚ます様子はない。怪我の具合も落ち着いているようだ。

　少しして久しぶりにベッドに潜り込むと、シーツから彼の香りがした。

――なんだか、暁龍に抱きしめられてるみたい。

彼の香りに包まれていると、キスをしたときの感触が生々しく蘇ってくる。思い出したら最後、心臓は忙しなく活動し、またたく間に頬に熱が帯びていく。

何年ぶりかにキスをして、うろたえているだけだ。自分自身に言い聞かせるも、いっこうに動悸《どうき》が収まらない。

結局穂乃果が眠りに落ちたのは、夜も更けて日付けが変わったころとなった。

「――おまえ、なんでまた寝不足の顔をしているんだ」

翌朝。目覚めた穂乃果がベッドから起き上がると、すでに起きていた暁龍に呆れた顔をされた。ソファに深く背を預け、携帯を見ていた彼の開口一番で出た言葉に、穂乃果はつい口ごもる。

彼の香りがするシーツで、彼の唇の感触を思い出していた。そのせいで寝不足なのだが、本当のことなど言うわけにはいかない。意識していることを悟られないように、適当に言葉を濁す。

「わたしは、寝つきが悪いほうというか、その……とにかく、大丈夫ですから！」

「怪我人の俺よりも、おまえのほうがよほど病人のような顔つきだぞ」

「大げさです。本当に、大丈夫ですから。あっ、すぐに朝食の準備をしちゃいますね」

「いや、いい。おまえは仕事に出かける準備を先にすればいい。朝食は俺が作る」

「えっ……」

意外な申し出に驚く穂乃果に、彼はフンと鼻を鳴らしてソファから腰を上げた。

「ハムエッグとトーストくらいしか作れないが、構わないだろ」

「えっ、でも」

「現状では、看病や世話になっている礼ができない。ならば、身体で返していくしかないからな。いいからおまえは準備しろ。時間に遅れるぞ」

暁龍は冷蔵庫の中から手際よく材料を取り出すと、キッチンに立った。意外と様になっていると思うのは、彼の動きに無駄がないからだ。次の行動を迷う素振りが見て取れない。どこに何があるのかを正確に把握していたし、料理も手慣れた印象を受ける。

「それじゃあ、すみませんがお願いします」

彼にひとまず声をかけると、穂乃果は仕事に行く準備を始めた。さすがに暁龍の前では着替えや化粧はできないため、洗面所でそれらを行う。

――ここに来たときは、熱を出してうなされていたのに、もうあんなに回復してるんだ。

明後日にはこのアパートを引き払わなければならないため、暁龍の回復は喜ばしい。寝込んだままだったら、彼をどこへ連れて行けばいいのか頭を悩ませなければならなかったところだ。ただでさえ追われているようだし、体調が回復しないうちは動かないほうがいいと思っていたが、この分だと心配はなさそうである。

「あの、お待たせしました」

準備を済ませた穂乃果が部屋へ戻ると、ソファの前にあるテーブルには朝食が並んでいた。

事前に予告されていた通りに、ハムエッグとトースト、それにコーヒーがある。トーストの香ばしい匂いが鼻をくすぐり、穂乃果はつい頬をゆるませる。

「まだ怪我も治っていないのに、ありがとうございます」

「この程度、世話になったことを思えば、礼を言われるほどじゃない。本当はもっと手のこんだものを作ってやりたいところだが、食材がないからこれで我慢しろ」

「充分です。いただきますね」

「ああ」

ソファには座らず床に直に腰を下ろした穂乃果は、彼と向かい合わせで朝食を食べ始めた。

暁龍の作った料理はシンプルなものだが、見た目も味も申し分ない。彼の容姿や言動からは料理をするようなタイプには見えず、どちらかというと世話をされることに慣れている感じだ。それが律儀にも看病の礼にと料理をするのだから、なかなかのギャップである。

「美味しいです。暁龍は、料理ができるんですね」

「料理というほどのものは作れない。ただ……昔、屋台を出している爺さんに教えてもらっただけだ」

彼の目が、一瞬懐かしそうに細められた。けれどもすぐに表情を引き締めると、自身の携帯に目を向ける。

「のんびりしていると遅れるぞ。早く食え」

「あっ！」

そろそろ出勤時間が迫っている。急いで、しかし味わって朝食を済ませた穂乃果は、片付けようとするのを暁龍に止められた。

「片付けは俺がやる。おまえは、早くホテルに行け」

「何から何まですみません……お願いしてもいいですか」

「だから、いいと言っている。今日と明日で研修が終わるんだろう。おまえはあと二日、無事に仕事を完遂することだけを考えろ」

暁龍に言われた穂乃果は、素直にうなずいた。たしかに、今日と明日の仕事を終えることこそ、今の自分の最優先事項だ。そのことを知り合って間もない彼が理解してくれることが、なぜかとても嬉しい。

「……行ってきます！」

彼を意識し過ぎて寝不足だったが、気力は保てそうだ。穂乃果は心持ち弾んだ気分で、ホテルへと向かうのだった。

＊

穂乃果が出勤すると、暁龍は彼女に告げたように食器類を片付けた。

これまで自分の置かれてきた立場を考えれば、極めて稀有な行動と言える。だが、彼女に語った昔――まだ暁龍が十代だったころには、自分の身の回りのことはすべて自分でしていたし、それが当たり前の生活だった。

変化したのは、母である玉怜《ユーリエン》が亡くなったときからだ。それまで自由だった暁龍に、ボディーガードがつき従い、常に周囲に人が絶えない生活を送ることとなったのである。

正直、最初は息が詰まった。差配した父に、護衛は不要だと直訴したこともある。けれどもしばらくすると、嫌でも自分の立場を理解した。母の死の真相を知り、父の仕事を手伝うようになってからのことだ。

――母を亡くしてから、十五年か。

その間、ひとりでいる時間などほとんどなかった。暁龍の周囲には、彼を守る者、そしてその立場に群がる人間が常に取り巻いていたからだ。

——命を脅かされる危機に陥ったことで得た自由だが、期間限定だな。

明後日には、このアパートから出て行き、穂乃果と別れる。それは確定していることだが、もう少しだけ彼女と過ごしてみたいという感情が芽生えている。

もっと言ってしまえば、穂乃果が欲しい。打算がいっさいない彼女の人のよさを好ましく思っているし、女としても充分な魅力がある。本人には自覚がないようでとぼけた発言をしていたが、キスをしたときに見せた反応も、ルームウェアの上からでもわかる豊かな双丘のふくらみも劣情を煽るものだった。

——さて、どうするか。

食器を片付け終えた暁龍は、この部屋での居場所となりつつあるソファに腰を下ろすと、つい数十分前までここにいた穂乃果のことを考える。

現在の自分の状況では、女にかまけている暇はない。けれども、この出会いを無視したくないという想いがあった。

——まさか、誕生日にこんな出会いがあるとはな。

彼女に助けられた日。それは、暁龍の二十九歳の誕生日だった。誕生日に命を狙われたことは業腹《ごうはら》だが、彼女との出会いは僥倖《ぎょうこう》と言っていい。

穂乃果が香港に留まるのなら、いずれ自分の手もとに置く算段をつけた。だが、彼女は明後日には日本に戻ってしまう。圧倒的に時間が足りない。

「……こんなことを考えている余裕があるとはな」

生ぬるい自身の思考を自嘲すると、携帯を手に取る。腹心である朱に、定期連絡を入れるためである。

朱には、暁龍を襲った男たちと、その背後関係について洗わせていた。そろそろ調査に進展があってもおかしくない。もっとも、報告を聞かずとも犯人の予測はついているのだが。

『早晨。早起きね、暁龍』

朱にはコール一回でつながった。暁龍は余計な挨拶は挟まずに、端的に問いを投げる。

「その後、進捗はあったか」

『あまり嬉しくない名前が浮かび上がったわ。……たぶん、あなたの予想した人物よ』

「だろうな。あの男以外には考えられん。俺への敵意を隠そうともしないとは、ずいぶんと舐められたものだが」

『自信の表れでしょうね。その気になれば、すぐにもあなたを排除できる、って。暁龍がいなくなれば、鄒家を手中に収めることができるもの。お父様も、簡単に排除されるような後継者はいらないって公言するくらいだしね』

事実を淡々と述べる朱に、暁龍は冷ややかに告げた。

「いずれにせよ、俺が戻ったら相応の返礼をするとしよう」

『さすが我が主。……それじゃあ、今日と明日、つかの間の自由を楽しんでちょうだい』

戻ったあとは茨の道が待っている。言外に含めると、朱は通話を終わらせた。言われずとも自覚している暁龍は、眉間のシワをいっそう深くする。

「……つかの間の自由、か」

ぬるま湯に浸かっているような、居心地のいい空間。それは間違いなく、穂乃果がいるからこそ得られるものなのだろう。

それを手放さなければいけない現状を考えて、暁龍は悩ましい想いを抱えるのだった。

＊

香港の研修最終日。業務後に、ホテル内の小宴会場で慰労会が開かれた。

穂乃果らをはじめとする日本から派遣されてきたスタッフと現地のスタッフが一堂に会する慰労会は、ちょっとした結婚式の二次会を思わせる雰囲気だ。しかし、各々が通勤時に着ていた服装だったため、それほど堅苦しい雰囲気にならず、皆気軽に交流を楽しんでいる。穂乃果もシアーチェックのフレアワンピースにカーディガンを合わせた格好で参加していた。

研修を受ける側ではなく指導側ということで、最初は緊張した。それが今では、このホテルに愛着を持つほどになっている。現地のスタッフらとも打ち解けて、同じ職場で働く仲間として絆が生まれたように思う。いつかプライベートでも訪れて、彼らのサービスを受けてみたいと感じた。

「森崎、二次会行くだろ」

慰労会が終わると、広田からそう声をかけられたが、穂乃果は首を振った。

「……ごめん。せっかくだけど、体調が悪いから帰らせてもらおうかと思って」

「そうか、わかった。皆には伝えておく」

二次会へ繰り出すスタッフと別れた穂乃果は、少々罪悪感を覚えつつも早々にアパートへ戻った。今晩が暁龍と過ごす最後の夜だから、どうしても彼とゆっくり話したかったのだ。

「ただいま帰りました」

鍵を開けて部屋に入ると、暁龍に声をかける。けれども、彼からの返答はない。バスルームからかすかな水音が聞こえてくるから、シャワーを浴びているのだろう。

——シャワーはいいけど、傷口は大丈夫なのかな。

体調もだいぶ回復していた彼は、ベッドにいる時間も少なくなっているようで、昨日帰ったときにもシャワーを浴びていた。傷口の心配をすると、「傷口を濡らさなければ問題ない」と言って笑っていた。

しかもそれだけではなく、朝と同様に食事を用意してくれた。冷蔵庫にある材料で作ってくれた干炒牛河《ゴンチャウホー》は、レストランで食べたものよりも美味しく感じた。きっと、彼が作って一緒に食卓を囲んだから、余計にそう感じたのだろう。

——今日は、慰労会で食べてくるからいらないって言ってあったけど、本当は暁龍と食事をしたかったたな。

ふと、そんな考えが頭をよぎったとき、バスルームとリビングを隔てているドアが開いた。

「穂乃果、戻っていたのか」

「暁龍……っ、なんて格好で出てくるんですか！」

暁龍は上半身に何も着ておらず、ルームパンツを穿《は》いているだけだった。目のやり場に困った穂乃果が抗議すると、彼が鷹揚《おうよう》に笑う。

「この程度、どうということはないだろう。俺の手当てをしたときだって、見ているはずだ」

「あのときと今とじゃ、状況が違います！　もうっ……ちゃんと髪を乾かしてくださいね。終わったら、包帯を巻きますから」

「もう必要ない。血も止まっているしな」

「……でも、傷口が塞がったわけじゃありません。ちゃんと手当てしなきゃダメです」

目を泳がせて言いながら、逃げるようにキッチンへ入る。すると、追ってきた暁龍が、冷蔵庫からミネラルウォーターを取り出した。ペットボトルに口をつけて一気に飲み干すと、ちらりと穂乃果に視線を向ける。

「慰労会をやると言っていたから、もう少し遅くなると思っていた」

「……すぐに帰ってきたので」

穂乃果は、自分の心の底にある寂しさを見抜かれた気がして、さり気なく顔を背けた。実際、二次会へも誘われていたが、「体調が悪いから」と言って遠慮している。慰労会の最中も、ふと胸に落ちてくるのは暁龍のことだった。香港で過ごす残りの時間――暁龍と過ごせるわずかな時間を、大事にしたいと思ったのである。

「そうか。……まあ、俺には都合がいい」

「どういう意味、ですか？」

「おまえと過ごす時間が増えたということを、喜んでいる。これで通じるか？」

艶のある低音を響かせた暁龍が、穂乃果と距離を詰めた。狭いキッチンに逃げ場はなく、二、三歩後退するだけで腰がシンクに当たってしまう。彼は強引に、だが無理強いはせずに、悠然《ゆうぜん》とシンクに手を置いて穂乃果の身体を囲い込んだ。

「回りくどいことは好かないから、単刀直入に言う。――おまえが気に入った。抱かせろ」

「なっ……いきなり、何言って……！」

「いきなりでもないだろう。おまえは、なんの見返りもなく俺の命を救ってくれた。それに、打算のない言動は好ましい。欲しいと思う理由なんて、それだけで充分だ」

暁龍には迷いがない。これは彼の本音で、穂乃果を欲しているのは本当なのだろう。

――だが。

「……わたしは、明日帰国するんです。一夜限りとか、そういう遊びの関係は無理です」

「遊びじゃない。俺は、本気でおまえが欲しいんだ、穂乃果」

「だから……っ……んんっ！」

まだ出会ってからほんの数日。しかも明日には帰国する自分とどうなりたいというのか――。そんな反論は、すべて暁龍の唇に呑み込まれてしまった。

強く唇を押しつけられて、呼吸すら上手くできない。閉じていた唇を舌でこじ開けられて、強引に舌を搦め捕られる。唾液をまとった舌で表裏をたっぷりと舐められ、ぞくりと背筋が震えた。

「んっ、ふぅっ……んっぅ」

キスの経験がないわけじゃないのに、なす術もないまま口内を蹂躙《じゅうりん》されてしまう。口腔の粘膜をくすぐられる感触は心地よく、身体の奥深くに眠っていた官能を揺さぶられた。

――このまま流されちゃダメなのに……。

理屈ではわかっている。けれども、暁龍と離れがたく思っていることもまた事実だった。この矛盾した感情を表すならば、どんな言葉が的確なのか。一瞬自問が脳裏をよぎったが、今の穂乃果にはそれ以上思いを巡らせる余裕はなかった。

「やはり、おまえの唇はいい。変に手慣れていないところもそそられる」

キスを解いた暁龍が、自身の唇を舐めながら穂乃果を見つめた。

路地裏で彼を見つけたときは傷口の出血だけに目がいったが、従来の状態であればその整い過ぎている顔立ちを意識したことだろう。男の色気をまとう表情に、意図せず肌が粟立つ。三日前、高熱で寝込んでいた人間だと思えないほど、暁龍は精気を漲《みなぎ》らせていた。

「わたし……あなたのこと、何も知らない。それなのに、こんなこと」

「キスが嫌だったか?」

「そうじゃなくて……っ」

とっさに否定した穂乃果は、失言を悟って口をつぐむ。ここは、嫌だと言って突っぱねなければならないところだ。思わず漏れた本音に恥じ入っていると、暁龍の口角が上がった。

「キスが嫌じゃないなら、余計なことは考えず俺のことだけを考えていろ。俺はおまえが欲しいし、欲しいと思ったら躊躇《ちゅうちょ》しない」

「あ……っ」

穂乃果のカーディガンを剝《は》ぎ取った彼の手が、そのまま背中にまわされた。それと同時に、ファスナーを引き下ろし、ワンピースを床に落とす。

「や……っ」

抵抗する間も与えられず、キャミソール姿にさせられてしまった。反射的にしゃがみ込もうとした穂乃果だが、足の間に入り込んでいた彼の膝がそれを阻《はば》む。

「このままキッチンで抱かれるか、それともベッドで抱かれるか、どちらがいいか選べ」

「そんなの、選べません……！」

「ならば、俺の好きにさせてもらうぞ」

暁龍は穂乃果の双丘に手を伸ばし、キャミソールごと胸を鷲づかみにした。下から持ち上げるように揉みしだかれ、指先で乳頭を刺激される。布地と擦れた胸の先はすぐに凝《しこ》り、ビクビクと腰を揺らしてしまう。

「んっ……あぁっ、やめ……っ」

「おまえの身体は嫌だとは言っていないぞ。確かめてみるか？」

「あ……っ」

キャミソールとブラを押し上げた彼は、露わにさせた穂乃果の双丘を見て目を細めた。熱を持った胸の先端は硬く尖《とが》り、空気に触れただけでも感じている。

淫らな己を恥じた穂乃果の肌が羞恥に染まり、どんどん赤くなってくる。暁龍はたっぷりと時間をかけてその様を眺め、片頬だけで笑みを作った。

「わかったか？　おまえは俺の愛撫に応えている。認めれば、もっと悦くしてやろう」

「あぁっ……！」

胸の尖りを爪で引っ掻かれ思わず喉を反らすと、彼は耳殻に舌を滑らせながら、両方のふくらみを同じように爪で玩弄した。少し濡れている彼の髪が肌をかすめただけでも、体内の熱が上がる。舌が耳殻を這う感覚と胸への刺激とを同時に与えられれば、いやが上にも声が出てしまう。

「暁龍……っ、ダメ……ぇっ」

逃げたいのに、彼とシンクに挟まれて逃げ場がない。なんとかして止めようと胸を押し返したものの、男の身体はびくともしなかった。それどころか、彼の素肌に触れたことでその逞しさをありありと感じ、心臓が早鐘を打っている。

「ずいぶんと鼓動が速くなっているな」

「そ、れは……暁龍が……っ」

「ああ、俺が触れているからか。触れているだけでこうなら、挿れたらどうなるんだ？」

暁龍は揶揄するように言いながら、膝頭を恥部に押しつけた。ぐりぐりと容赦《ようしゃ》なく秘裂にショーツを食い込ませるその動きに、穂乃果はたまらず背をのけ反らせる。後ろ手でシンクの縁をつかんで衝撃に耐えていると、ふたたび男の指先が乳頭を捕らえた。

「んっ、くぅ……あ、あぁっ……ん！」

今度は爪ではなく指先での愛撫だった。先端を指の腹で転がすように撫で擦り、そうかと思えば強く摘ままれる。彼の手でいいように性感を高められて、ショーツがじっとりと蜜を含む。膝頭で花芽の部分を強く圧迫され、浅ましく蜜口が蠢いた。

「も……やめ……」

「やめるはずないだろう。おまえに触れて、俺ももう止められなくなっている」

熱のこもったささやきに誘われて視線を合わせると、燃え滾《たぎ》る欲望を湛《たた》えた瞳があった。

全身から立ち上る強烈な色気にあてられ、この先の行為を期待した内壁がさらに蜜を溢れさせる。穂乃果が小さく息を呑んだとき、少し屈んだ彼に身体を抱き上げられた。

「ここでしてもいいが、どうせならベッドでゆっくりしたほうが愉しめるだろう」

問答無用で穂乃果をベッドまで運んだ暁龍は、彼女をそっと下ろした。

立て膝で彼が上がってくると、重みを受け止めたベッドがぎしりと軋《きし》む。もともとシングルでさほど大きさはないが、ふたりだと余計に狭く感じる。

逃げ出すことも身を隠すこともできずに、せめてもの抵抗で身体を捻って壁際を向く。

そのとたん、彼の唇が背中に押しつけられた。

「あんっ……」

彼に背を向けたのは失敗だった。そう思ったときにはすでに遅く、キャミソールとブラのホックを外され、手早くショーツを引き下げられてしまった。

「まずは、後ろからおまえの身体を味わうか」

不埒《ふらち》な言葉を吐いた暁龍は、抜き取ったショーツを床へ抛《ほう》った。その手で穂乃果の腹に腕をまわして腰を上げさせると、尻たぶに手をかける。尻を突き出すような体勢になり、廉恥心から腰を揺らすと、背後で彼が小さく笑った。

「なんだ、やっぱり濡らしていたな」

「やめっ……あっ、ん……っ」

尻たぶを指で拡《ひろ》げられ、小さく震えた蜜窟《みっくつ》から欲望がしたたり落ちていく。

恥ずかしい格好をさせられたばかりか、秘裂を観察するように拡げられている。これ以上ないほどの羞恥を感じた穂乃果は、逃れたい一心で首を振った。

「やぁっ……そんなところ、見ないでくださ……」

「そんなことを言っても、誘っているようにしか聞こえない。現におまえのここは、ひくついている。俺を待ち望んでいるようだ」

暁龍は穂乃果の秘裂に顔を寄せると、こぼれ落ちる蜜を舐め取った。押し開かれた割れ目を、彼の舌がねっとりと往復する。

「ひゃぁっ……あ、あぁっ！　やっ……汚い、から……ぁっ」

シャワーも浴びていないのに、そんなところを舐めるなんて信じられない。穂乃果が訴えるのも構わずに、暁龍はもったいないと言わんばかりに蜜をすすった。

あえて淫猥《いんわい》な水音を立てながら、花びらごと口に含まれる。その感触は理性を食い荒らし、体内が蕩《とろ》けるほど心地よかった。

「あんっ、く……ぅっ、ふ……っ」

蜜をまとった花びらに吸いつかれ、奥に隠れていた敏感な肉粒がジンと疼く。先ほどまで弄られていた胸の頂きは触れられていないというのに硬く張りつめて、快感が全身に巡っていた。

総身を震わせて嬌声《きょうせい》を漏らす穂乃果に、顔を上げた暁龍が薄く笑う。

「感度がいいな。攻め甲斐のあるいい身体だ。おまえは汚いと言っていたが、どこもかしこも綺麗なものだぞ」

「そ、んなところで、話さない、で……っ」

彼の呼気が濡れた恥部にかかり、腰が上下に揺れた。些細な刺激にすら敏感になってしまい、溢れた蜜が太ももを伝う。身体を支えきれずに上半身をベッドに沈ませたとき、彼の指が震える襞《ひだ》の中から花芽を摘まみ取った。

その瞬間、峻烈《しゅんれつ》な快感に襲われた穂乃果が背筋をしならせる。

「んっ、あぁっ……！」

「もっと快感が欲しいと、おまえの身体は訴えている。存分に感じさせてやるから、安心して身を任せるといい」

蜜を絡めた指先で、暁龍が淫芽を揺さぶってきた。直接触れられたことにより堪えがたい快感に襲われて、穂乃果はシーツを強く握り締める。太ももを閉じたいのに彼の手が入っていることでそれもできず、ただ甘い責め苦に身悶えた。

「そこ、は……ぁっ……やぁっ」

「嫌なわけがあるか。この音が聞こえないのか？　俺が欲しいと啼《な》いている音だ」

花芽を弄る手は止めず、暁龍はもう片方で蜜窟を攻め始めた。まるで栓をするように指をぬかるみに埋没させて、肉襞を押し擦る。蜜をたっぷりと蓄えていた体内は彼の動きに合わせて卑猥に痙攣《けいれん》し、蜜口がキュッと窄《すぼ》まった。

「暁龍……っ、も……お願い……ッ」

「ああ、これではまだ足りなかったか。おまえは存外にいやらしい身体をしているな」

「ち、違っ……ん！」

指を二本に増やされて、バラバラと動かされる。圧迫された内壁が喜悦にわななき、彼の指を食い締めた。

これ以上続けられると、快感を堪えられなくなってしまう。欲望に塗りつぶされそうな意識で考えた穂乃果は、腰を捩《よじ》って抵抗を試みる。なんとか暁龍の指を抜こうと腰を左右に振ったものの、それは体内を犯している彼の指を別の箇所へと誘導する動きに過ぎなかった。

「積極的だな。だが、そういう女も嫌いじゃない」

彼はそんな感想を漏らすと、ようやく指を引き抜いた。それと同時に力なく穂乃果の腰が落ち、シーツに沈んでいく。

快感を極めていない体内は激しくうねり、もっと強烈な悦を望んでいる。やめて欲しいと言ったのは自分自身なのに、中途半端に放置されているのがつらかった。

「俺が、欲しいか?」

暁龍の問いかけに、首だけを動かして彼を見ると、いつの間にか彼はルームパンツを脱いでいた。反り返った自身の昂《たかぶ》りを隠しもせずに、穂乃果の身体を反転させる。

「あ……っ」

「どうやら愚問だったたな。俺が欲しくてたまらないという顔をしている」

膝立ちで見下ろした暁龍が、口角を上げる。ただ彼に見られているだけなのに、先ほどから高められていた身体は期待感で蜜を零《こぼ》す。いくら口で否定しようとしても、彼を求めているのは明らかだった。

「言ってみろ、穂乃果。俺が欲しいと」

「わたし、は……」

強烈に身体が疼いている。だが、それと同じくらいに、胸のうちが切なさで占められていた。この男と過ごせる時間は、今夜だけ。偶然の出会いがもたらした時間はあまりに短く儚いが、だからこそ彼に強く惹かれているのかもしれないとも思う。

「わたしを……暁龍のものに……してください」

「ここにきて煽るか。つくづく困ったやつだ」

初めて明確に告げた穂乃果の意思に、暁龍の喉が上下する。彼は穂乃果の足首を持つと大きく広げさせ、膝の裏に腕を差し入れた。

「あっ、そんな……傷、が……」

彼の腕に残る傷口が目に入った穂乃果は、心配になって制止しようとする。しかし傷口を厭うどころか、暁龍はいっそう身体を密着させた。

「本当に……こんなときにまで、人の心配をするな、おまえは」

「だって……」

「そんなおまえだから欲しいんだ」

熱い呼気を吐いた暁龍が、屹立《きつりつ》をぬかるみにあてがった。生々しい感触とその圧迫感に、思わず腰が引けそうになったのもつかの間――彼は躊躇なく、猛《たけ》りきった太い雄茎を蜜口に突き入れた。

「んっ、あぁっ……！」

ぐちゅっ、と濡れた音を立てながら、雁首が内壁を擦り、最奥へと突き進む。待ち望ん得ていた刺激に蜜襞は歓喜し、雄芯に食いついた。暁龍の形に体内が拡げられる感覚は、得も言われぬ悦楽を穂乃果に植えつける。

「は……身体の相性はかなりいいな。俺をすべて呑み込んで、吸いついてくる」

「やぁっ……そんなこと……っ……言わないで、くださ……ンッ」

恥ずかしい言葉を投げかけられて、穂乃果の中がきゅんと狭まる。そうすると、彼自身をありありと感じ取ってしまい、蜜襞が小刻みに震えた。

「自分でもわかるだろう？　俺のものになって悦んでいる様が」

暁龍は喉を鳴らすと、最奥を貫いた。とてつもない質量が内部を侵食していく感覚は、息苦しさを覚えるほどだ。それなのに暁龍は余裕の表情で、穂乃果を見下ろしている。なんだかそれが悔しくて、穂乃果は乱れた息を吐きながらつぶやいた。

「わたし、ばっかり……こんなふうに……ずるい」

「この程度で何を言っている。おまえには、俺を忘れられないように……もっといやらしく乱れてもらわないとな」

抗議を軽くいなした彼は、限界まで自身を引き抜いたかと思うと、今度は腰を叩きつけた。媚肉を余すことなく擦り上げ、激しく奥を責め立てられる。腰を打ちつけられる音と結合部から漏れる淫らな音が部屋に響き、聴覚からも愉悦が流れ込んでくる。

「あっ、あァァッ……激し……壊れちゃ……っ」

「壊すような抱き方はしていない。ほら、ちゃんとおまえは俺に応えているだろう」

言いながら、暁龍は体勢を変えて穂乃果の身体を引き起こした。つながったまま彼の太ももを跨《また》がされ、座位で揺さぶられる。自分の体重がかかったことで結合は深くなり、下腹部が熱くてたまらなかった。

――こんなふうにされたこと、ない……これ以上感じたら、わたし……。

理性を薙《な》ぎ払うくらい強い悦など経験したことがなく、一抹《いちまつ》の不安が脳裏をよぎる。だが、なおも攻め手をゆるめない暁龍は、目の前で揺れる穂乃果の乳房にしゃぶりついた。誘うように薄紅に色づいた乳頭を舌で舐め、乳暈《にゅううん》に軽く歯を立てられる。ピリピリと疼痛が胸から広がり、顎を跳ねさせてのけ反りながら嬌声を上げた。

「や……ぁっ、んっ、く……ぅンっ」

これまでの穂乃果の未熟な性体験において、このような体位など初めてだった。それだけではなく、執拗に陰核や乳頭を舐られることもなければ、壊れてしまうくらい貫かれることもなかった。様々な〝初めて〟を与える暁龍との行為に理性を焼き切られ、はしたなく彼を求めてしまいそうだった。

「おまえの反応は初々しい。それも、男を煽る手管か？」

「違……ぁぁっ……意地悪……ッ」

「俺が意地悪だというなら、それはおまえが可愛いからだ。抱いたまま離したくなくなる。

この俺にそんなふうに思わせるのは、おまえが初めてだ」

雁首で濡れ襞を突きながら、掠《かす》れた声で彼が言う。けれども穂乃果は、呂律《ろれつ》のまわらない舌で喘ぎを漏らすのみだ。

彼の動きに応えるように、昂りを咥え込んでいる蜜洞が収斂《しゅうれん》する。それを感じ取ったのか、暁龍が口の端を引き上げた。座位から一転しふたたび押し倒されると、内壁の一点を集中的に擦られて、際限のない悦楽の渦に落とされていく。

「は……腰が動いているな。それに、美味そうに食い締めてくるぞ。そんなにいいのか、この体勢が」

「わ、からな……ンッ……あぁっ……！」

「もっとだ。もっと俺を求めろ」

男性にこれほど強く望まれるのも快感に蕩けそうになるのも初めてだった。

ふくらみを卑猥な形に変えられ、蜜窟に熱杭を打ち込まれる。彼に押し出された淫蜜は秘裂を伝い、シーツに染み込んでいく。すでに羞恥は意識の隅に追いやられ、与えられる淫欲を素直に享受していた。

玉のような汗が額からこぼれ落ち、髪が肌に張りつくのも構わずに、穂乃果は夢中で彼に縋った。暁龍の激しい動きでベッドは軋み、悲鳴のような音を立てる。そんな音にすら煽られ、快楽の極みへと追い立てられていく。

「あぁっ……も、だめ……ぇっ、何か、きちゃ……ぅ……んっ」

「いいぞ、一度イッておけばいい」

花弁に潜む淫芽を指で弾かれた瞬間、電流が流れたように身体がしなり、彼を受け入れている蜜路が収縮した。押し寄せてくる絶頂感で思わず彼の腕をつかんだ穂乃果だが、男は傷口に構わずに蜜肉を猛りで抉《えぐ》った。

「あっ、あああっ……ゃあァアッ……！」

淫芽と内部とを同時に攻められては、ひとたまりもない。快感の奔流が体内を駆け巡り全身を震わせた穂乃果は、甘い声で絶頂に啼いた。

「ずいぶんと派手にイッたな。よほど俺の身体が気に入ったとみえる」

揶揄する声にも答える余裕はない。呼吸を整えながら悦を極めた余韻に浸っていると、暁龍が耳もとで低くささやきを落とした。

「おまえの中は、まだ俺を離そうとしないぞ。貪欲でいやらしい……俺好みの身体だ」

「ん……っ」

達したばかりで肌にかかる呼気にすら感じてしまう。ピクンと身震いしたとき、彼はつながりを解かないまま再度穂乃果を攻め始めた。

彼の漲りは収まる気配を見せないまま、ゆるゆると内部を行き来する。達したばかりの身体にはつらい快感を与えられた穂乃果は生理的な涙を浮かべ、これ以上は無理だと首を振った。

「暁龍……っ、まだ、わたし……」

「大丈夫だ、人間はそう簡単に壊れない。まだ俺はイッていないから、もう少し付き合え。おまえを一秒でも長く味わっていたい」

どこか切なく響くその声に、穂乃果は拒むことができなくなった。

夜が明ければ、帰国しなければならない。ふたりでいられるのも、あと数時間のことだ。

一秒でも長く一緒に過ごしたいのは、自分も同じだ。そんな想いを伝えるように穂乃果は暁龍の背中に腕をまわし、彼から注がれる欲望を受け止めた。


「う……ん」

瞼をくすぐる太陽光に、穂乃果は意識を浮上させた。

ゆっくりと目を開き何度か瞬かせると、覚醒した身体の節々が痛みを訴えている。その痛みは暁龍に抱かれたことの証で、穂乃果は少し気恥ずかしく思いながら首を巡らせた。

――あれ？　どこに行ったんだろう……。

暁龍の姿が見えないことを不思議に思い、気だるい身体を起こして部屋を見渡す。もしかしてシャワーを浴びているのかもしれないと耳を澄ませたが、物音は聞こえなかった。

「暁龍……!?」

身体の痛みも忘れて飛び起きると、ソファの前にあるテーブルに彼が身に着けていた龍のペンダントと紙片が置いてあることに気づく。

何も身にまとうことなくベッドから下りた穂乃果は、急いで紙片を手に取った。

――嘘……。

やはり紙片は、暁龍が残したものだった。日本語で短く記された一文を目にすると、穂乃果は膝から崩れ落ちる。

『一年後、必ず会いに行く』

彼が残した言葉はたったそれだけで、連絡先すら書かれていない。住んでいる国さえ違うふたりの間に残すには、あまりにも薄情なものだった。

「これだけで、どうやって信じろっていうの……?」

彼は穂乃果が『evangelist』に勤務していることを知っているが、穂乃果は彼のことをまったく知らない。唯一知っているのは、暁龍という名前だけだが、それだって本名ではないかもしれない。

激しく抱き合った翌日に、何も言わず出て行ってしまった。手元に残ったのは、ペンダント。そして、彼に抱かれた感触だけ。これでは、会いに行くと言われても信じることは難しい。

そもそも彼に求められたときだって、先の約束になるようなことは言っていなかった。

一夜限りでもいいと、もっと彼といたいと望んだのは自分なのだから、願いが叶ったことに満足するべきだ。

——たった一夜でも、大事に抱いてくれたんだから……それでいいじゃない。

穂乃果は自分自身に無理やり言い聞かせると、シャワーを浴びるべく立ち上がった。

昨夜の名残が色濃く残る身体はつらかったが、彼の感触を思い出さないよう必死で思考を断ち切った。

2章　おまえは俺の花嫁だ

香港の研修から戻ってから、約一年が過ぎた。

小宴会場でパーティーの設営を手伝っていた穂乃果は、ふと窓から見える桜の樹を見て目を細めた。三月も下旬に差しかかり、桜のつぼみもだいぶ膨らんでいる。あと十日もすれば、満開になるだろう。

今いるこの会場は、『evangelist』が誇る広大な庭園に咲く桜が一望できるため、『桜』の名を冠している。この時期は、桜を目当てにしたゲストが多く、連日予約で埋まっていた。それだけではなく、ホテル内でも歓送迎会のイベントが多い。おかげで毎日忙しく過ごしているが、ふとした間隙に脳裏に蘇るのは香港で過ごした日々である。

——あれからもう一年になるのか。早いな……。

香港の研修を終えた穂乃果は、ベルからフロントへ転属となった。

慣れ親しんだベルの制服からフロントの制服に変わったときは少し寂しさを覚えたが、今ではもう違和感はない。

フロントは、ホワイトのシャツに、ネイビーの上着とベスト、膝丈のタイトスカートで統一されている。首もとにボルドーのリボンを結ぶと、ホテルの顔であるフロントスタッフとして気が引き締まる思いがした。

希望しているコンシェルジュへの道のりはまだ遠いが、キャリアを積み重ねていつか叶えたいと思っている。実際、フロントにいるとコンシェルジュと接する機会も多く、勉強になることも多かった。

「森崎、チェックは終わったか？」

穂乃果が振り返ると、開いたドアから広田が顔を覗かせていた。

彼は研修後、メインダイニングのアシスタントマネージャーに昇格した。広田のいる部署はパーティーで出す料理の配膳も行うため、宴会場のセッティングにも顔を出している。

作業は終わったと伝えると、広田はホッとしたように笑みを浮かべた。

「助かった。なんだか最近、ちょっとバタついてるからさ」

「そうなの？　何か大きいイベントあったっけ。あっ、有名人の結婚式とか？」

「いや、そうじゃなくてさ、今度しばらくスイートに滞在するゲストへの対応のことだよ。森崎も聞いてるだろ。とんでもない大富豪が来るって話」

広田の言葉に思い当たった穂乃果は、「そうだったね」と言ってうなずいた。

『evangelist』日本支社社長の佐伯と懇意にしている人物が、ホテル最上級の部屋であるスイートルームに半年滞在すると通達があったのは、数日前のことである。なんでも宿泊者は、香港最大のコングロマリットの総帥《そうすい》で、莫大な資産を有する鄒文彬《ウエンビン》のひとり息子だそうだ。父親だけでなく息子も毎年世界長者番付上位に名を連ねている大富豪だというから、スイートに長期滞在するというのも納得である。

「うちの社長の人脈もすご過ぎて、なんだか別世界の話だよね。たしか半年の滞在予定だったっけ？　それに合わせておつきの人も別の部屋に泊まるって聞いてるけど」

「そうそう。その大富豪、今回うちに宿泊するのは初めてだっていうから、上手くいけば常連になる可能性もあるけど……その逆もあるからな。レストランでは、今からコンプレインが上がらないように戦々恐々だよ。ハウスキーピングでも同じようにピリピリしてるしな」

ゲストの滞在中、もっとも多く利用するであろうレストラン、そして滞在中に部屋を清掃するハウスキーピング。どちらのスタッフも超ＶＩＰの滞在を前に、いつも以上に緊張しているのだろう。万が一コンプレイン――苦情が発生するようなことがあれば、社長の顔に泥を塗ることになりかねず、ひいてはホテルにとって信用問題に関わる。スタッフ総員で万全を期して臨まなければならない。

「でも、そうは言ってもいつも通り仕事をしてれば問題はないはずだし、社長からも各部署のマネージャーにそう話があったたって」

「まあ、そうなんだけどさ。理屈通りにはなかなかいかないよ」

昇進したこともあり、ほかのスタッフよりも重責を感じているのだろう。広田は若干くたびれたように大きく両手を上げて伸びをすると、思い出したように話題を変えた。

「香港っていえばさ、一年前の研修を思い出すよな。帰国するとき、森崎ずいぶん疲れてたっていうか、しばらく元気なかったけど……」

「……よく覚えてるね」

「そりゃあそうだよ。あのときの森崎の様子、なんかおかしかったしさ」

何気なく触れられた一年前の出来事に、心臓が鈍い痛みを覚えた。穂乃果はそっと視線を外すと、窓の外に目を向ける。

一年前、暁龍と身体を重ねて迎えた朝。これまでの人生で経験のないくらいつらい気持ちを味わった。そして、つらいと思った自分に狼狽した。たった数日ともに過ごしただけの男に、それほど心を奪われていたとは思わなかったのだ。

穂乃果が日本へ帰国しても、互いの意思があれば会うことはできた。しかし彼は、それを望まなかった。

――それなのに、未練がましいな。

この一年の間、忘れたことはなかった。香港と聞くだけで、まず暁龍の顔が脳裏に浮かぶ。それほど彼は、穂乃果に強烈な印象を残していた。

思い出すと切なくなるが、彼を恨んだり、出会ったことを後悔する気持ちはない。ただ、元気でいてくれればいいと願っている。別れてからどこへ行ったのかも、無事なのかも確かめる術がない。できるのは、彼の無事を願うことだけだ。

「さてと、ムダ話してないで仕事に戻らなきゃ。広田くんも、そろそろアイドルタイムが終わるころでしょ」

努めて明るく言うと、広田も「そうだな」と言って小宴会場を去っていく。その背を見送ると、穂乃果は意識を切り替えて仕事へ戻った。


香港から鄒一族の御曹司が訪れる当日になり、ホテルのバックヤードはにわかに色めき立っていた。宿泊予定のスイートルームに、朝から大量の荷物が運び込まれていたからだ。

私物だけならまだわかるが、宝石類や服に至るまでハイブランドのショップから直接届けられる品々も多くあった。ここに来る前にショッピングをしたのだろうが、宿泊者本人よりも先にそれだけ大量の荷物が届くことも珍しい。

「なんでも、スイートにも危険物がないかの確認とか、いろいろ調べてまわってたんだって。もー、外国の要人が宿泊したときだって、ここまで騒ぎにならなかったのに」

休憩時。スタッフルームでそう語るのは、同じフロントで一年先輩の女性スタッフだ。

先輩の話では、ホテルの中にある直営のフラワーショップでも異変が起きているという。こちらも、スイートルームに大輪の薔薇《ばら》を飾るよう発注されたそうだ。御曹司のチェックインは午後からだったが、先に主を出迎えるべく秘書だという女性が前乗りでホテルに来て、スイートルームの検分を行ったという。

朝穂乃果が出勤したときから、スタッフの間ではこの話題で持ち切りだった。前日が公休だったため、秘書の姿をまだ見ていなかったが、話によると御曹司の秘書はたいそうな美女だという。朝からスイートに運び込まれた品々は、この美女のためではないかともっぱらの噂だった。

「羨ましい話よねえ。御曹司に見初められた美人秘書なんて、ドラマの中の話みたい」

羨望と嫉妬が混じっているのは、夜勤明けの疲労からだろう。穂乃果が苦笑して同意を示すと、フロントマネージャーが部屋に入ってくる。

「森崎、ちょっといいか。スイートに長期滞在予定の鄒氏の秘書がおまえを呼んでいるんだが、おまえ鄒氏の秘書と知り合いなのか?」

「えっ……面識もないですし、呼ばれる覚えはありませんが……」

思いがけないことを告げられて、穂乃果は首を振った。昨日休みだったことから、件の美人秘書とはお目にかかっていないし、ましてや大富豪の御曹司に知り合いなどいない。

「いったいどういうことでしょうか？」

「事情はわからないが、ゲストから名指しで呼ばれているのは間違いない。悪いがすぐにロビーに行ってくれるか。目立つ方だから、すぐにわかる」

「わかりました」

不思議に思ったが、ゲストの求めには応じなければならない。穂乃果はスタッフルームをあとにすると、すぐにロビーへ向かった。

バックヤードを抜けてロビーに出ると、滞留するゲストの間に視線を走らせる。すると、ひと際目立つ女性が、ソファで優雅に腰を落ち着けているのが見えた。

――あの人だ。

秘書の顔を知らないのに自分を呼んだ女性だと確信したのは、その美貌が際立っていたからだ。壁面から調度品まで荘厳かつ重厚と称される『evangelist』ロビーにおいて、足を踏み入れたゲストらは大抵圧倒される。だが、彼女はその風景に馴染み、かつくつろいでいた。

穂乃果が歩み寄ると、こちらに気付いた女性と目が合う。年の頃なら二十八、九に見受けられる彼女は、ゆるく巻いた長い髪をかき上げて立ち上がった。その仕草は上品で艶があり、秘書というよりもモデルのようだ。

「あなたが、穂乃果ね。私は、朱琳。鄒の秘書を務めているわ」

朱と名乗った秘書は、日本語で自己紹介をした。美しい女性秘書は、自身の美貌を充分に理解しているのか、自信に満ち溢れている。さすが大企業の秘書だと内心舌を巻きつつ、穂乃果は恭《うやうや》しく頭を垂れた。

「森崎と申します。このたびは当ホテルをご利用いただきましてありがとうございます」

「堅苦しい挨拶はナシよ。じゃ、行きましょうか。そろそろ到着するころよ」

「朱様……どういうことでしょうか?」

朱は意味ありげに笑みを浮かべると、穂乃果の腕を取った。問いかけに答えることなく、ロビーを颯爽《さっそう》と進んでいく。

——いったい、何が到着するっていうの?

怪訝《けげん》に思った穂乃果が、彼女を呼び止めようとしたときだった。

「あら、ちょうどよかったわ」

彼女の言葉と、正面玄関にある両開きの扉が大きく開かれたのは、ほぼ同時だった。

館内に入ってきたのは、数十名からなる集団である。見るからに要人警護をしている黒ずくめの男性たちを目にしたゲストからは、波紋のようにざわめきが広がった。

けれども穂乃果の目は、物々しい黒ずくめの集団ではなく、その中心にいる男に釘づけになる。

――まさか、そんなはず……。

集団の中心にいる男は、ゆうに百八十センチはあるだろう長身に、上質なスーツをまとっていた。少し長めの前髪に、切れ長の漆黒の瞳。数十名の男を従えて歩く様は、まるで王族のような威圧感がある。端整過ぎる男の顔立ちと存在感に、その場にいた誰しもが目を奪われていた。

「――穂乃果」

男は穂乃果に気づくと、ゆっくりと近づいてきた。従えていた者をその場に待機させ、ひとりで歩み寄ってくる。秘書は穂乃果の背後に立つと、男に献上するかのように背中を押した。

「仰せの通り、彼女を連れてきたわよ」

「ご苦労だったな」

短い会話を交わす間も、男の視線は穂乃果から外れない。魅入られたように互いに見つめ合っていると、男は形のよい唇を弓なりに引き上げた。

「約束通り迎えにきたぞ、穂乃果」

「暁龍……なの?」

目の前の男は、一年前に香港で出会った暁龍その人だった。しかし、あのときとは状況がまったく違う。大勢のつき人を従えて堂々と穂乃果の前に現れた彼は、何者かに追われて負傷し、ボロボロの状態で路地裏にうずくまっていた男と同一人物だとは到底思えない。

「鄒暁龍……正真正銘、一年前おまえと出会った男だ。たかが一年で、忘れたとは言わせないぞ」

「ど、どうしてここに……」

「決まっている。俺の花嫁を迎えにきた」

暁龍は穂乃果の腕を取ると、自身の胸に引き寄せた。

「おまえは俺の花嫁だ、穂乃果。おまえを連れて帰るために、俺は日本へ来た」

思わぬ再会と突然の言葉に、穂乃果の思考は完全に停止した。


その後。ロビーではさすがに目立つため、急いで暁龍をスイートに案内した。

あまりにも派手な登場にスタッフやほかのゲストも驚いていたが、その中心にいた暁龍はまるで気にしていなかった。それどころか、VIPを出迎えるべく出てきた総支配人に、「穂乃果を借りる」と言って、強引に部屋まで案内させたのである。

あとで方々に事情を説明しなければならないことを考えると、胃が痛くなる思いだ。動揺と戸惑いとが胸を占めていた穂乃果だが、まず自分の感情よりもゲストを優先させることでなんとか平静を装っている状態だった。

「昨日確認したけど、このスイートは鄒家本宅にも勝るとも劣らない部屋だったわよ」

スイートのリビングに足を踏み入れた朱が、主に説明する。スイートは、扉を開けた正面に大きな窓が配されたリビングをはじめ、左手に進むとダイニング、キッチン、ベッドルームへと続いている。右手にはプライベートプールを臨む窓が配され、リビングから直接行くことができるようになっていた。その手前には扉があり、コネクティングルームと呼ばれる部屋が控えている。まさに最高級の部屋である。

「プライベートプールもあることだし、そっちも利用したらどう？」

言いながらプールへ向かおうとする彼女に、暁龍が低く命じる。

「朱、無駄口を叩いていないでもう下がれ。あとは穂乃果に案内させる」

「わかったわ。ふたりきりでいたいってことね。じゃあ穂乃果、あとはよろしく」

居座ろうとしていた朱を下がらせた暁龍は、リビングのソファに腰を落ち着けた。重厚感のあるソファは窓に面して半円状に配置されているため、座ると眺望を楽しむことができる。けれども暁龍は見事な眺望を楽しむよりも、穂乃果に視線を注いでいた。

――あまり見ないで欲しい。そうじゃなくても、動揺しているのに。

それでも穂乃果は冷静になるよう自身に言い聞かせ、ホテルについてひと通り説明をした。よどみなく説明を終えると、カードキーをテーブルに置き、恭しく頭を下げる。

「……鄒様、何かご要望がございましたら、スイート専用のコンシェルジュデスクにお申しつけください。では、私は業務に戻らせていただきます」

「業務だと？　一年ぶりに再会を果たしたというのに、ずいぶんつれないことを言うな、おまえは。この状況で行かせると思うか？」

悠然と穂乃果を見上げた彼は、魅惑的な笑みを向けてこちらに手を差し出した。

「何を呆けているんだ。来い、穂乃果」

穂乃果は自身に注がれる黒瞳から逃れられずに、ゆっくりと彼に近づいた。手を伸ばせば届く距離まで歩を進めると、焦れたように腰を引き寄せられる。抵抗する間もなく、膝の上に横抱きで座らされ、顎をすくい取られた。

「ようやくおまえをこの手に抱けた」

「……鄒様、離していただけますか」

「暁龍、だ。一年前はそう呼んでいただろう。忘れたなら、思い出させてやってもいい」

あくまでもホテルのスタッフとして接する穂乃果だったが、彼はそれを許さなかった。至近距離で見る男の表情は、香港で過ごしたときを思い起こさせる。想い出に意識が引きずられそうになって、唇を噛みしめた。

――この人は、何も持たずにわたしの前に現れたときの彼じゃない。もう立場が違うんだから……流されちゃダメだ。

「鄒様、ご用件をお聞かせ願えますか」

「頑なだな。それが普段のおまえの姿か。だが、悪くない」

暁龍は穂乃果の腰をしっかり抱いたまま、顎にかけている手に力を込めた。

「おまえは俺の花嫁だ。否は認めない」

「離してください！　わたしは、仕事中で」

「それなら問題ない。俺は客だ。客の相手をするのも、仕事のうちだろう」

「何言って……ん……っんぅっ……」

避ける間もなく、暁龍に唇を奪われた。とっさに離れようとしたものの、しっかり肩を抱かれているため逃げられない。

仕事中にするべき行為じゃない。それ以前に、この男に聞きたいことは山ほどある。なぜ一年前、何も言わずに去ってしまったのか。それに、突然現れて「俺の花嫁」だとは、どういうつもりなのか。

しかし脳裏に浮かんだ疑問は、一年ぶりに触れた彼のぬくもりにたやすくかき消されていく。

香港で過ごした最後の夜。激しく抱き合ったあのときの幸福感は、今でも穂乃果の胸を焦がしている。朝目覚めて彼がいないことを知って、切なさに心臓が締めつけられ……遊びだったのだと悲しくなった。

けれども今、目の前に暁龍がいる。無事な姿で、紙切れに記された約束を果たすために、会いに来てくれた。それだけで、穂乃果の胸はいっぱいになる。

「んっ、ん……ふ……ぅっん」

口蓋をたっぷり舐められ、誘い出された舌を吸われると、背筋に痺れが走った。一年前と同じように、何もかもを食らい尽くすような獰猛なキスをされて、たちまち身体に熱がこもっていく。

「も……やめ……っ」

唇が外れた隙に抗議の声を上げた穂乃果に、暁龍は余裕たっぷりに微笑んだ。

「やめろと言われてやめると思うか？　それはおまえが身をもって知っているはずだ」

香港での一夜を匂わせる言葉だった。そんなことは、指摘されなくてもわかっている。過去に穂乃果は、目の前の男を受け入れた。一時の熱情だと切って捨てるには、心も身体もこの男を鮮明に覚え過ぎている。忘れてしまうには強烈な存在感で、穂乃果の心に居座っていた。

「ようやくおまえを迎えに来られたんだ。もう逃がさない」

暁龍は、腰を抱いていた手を離すと、その場に押し倒した。片手で穂乃果の両手を拘束し、空いた手で制服のリボンを解いていく。

「穂乃果……おとなしく俺のものになれ」

そう言って自分を見下ろす男の瞳には、一年前と同じように欲望がくすぶっている。この瞳で見られると、意識が彼一色に染められてしまう。

「会いたかった。あのアパートを出てからも、おまえのことを想わない日はなかった。おまえは、別れも言わずに出て行った不義理な男だと思っただろうが、あのときはああするより方法がなかった。俺とともにいることで……おまえの身を危険にさらすことを避けたかったんだ」

それは、言い訳というよりも、ただ事実を語っている口調だった。

出会ったときの彼はたしかに危険な目に遭っていたし、穂乃果に害が及ばないよう関係を絶ったのも理解できる。連絡先くらいは残してくれてよかったのではとも思ったが、彼の身分を知った今、自分には窺い知れない事情があるのだろうと思う。

だが――。

「あなたが無事でよかったです。でも……花嫁ってどういうことですか？」

穂乃果が暁龍と過ごした時間は、あまりにも少ない。彼の身分についても、今さっき知ったばかりだ。もちろんそれは彼も同じで、自分は香港の狭いアパートで数日をともにした女でしかないだろう。

その程度の関係で、どうして花嫁などという話に飛躍しているのか。穂乃果でなくとも、疑問に思うところだ。

しかし暁龍は、穂乃果の疑問を一蹴した。

「おまえは、香港で見ず知らずの胡散臭い男をなんの見返りもなく救った。俺には、その事実だけで充分だ。だから、おまえを抱いたし、約束の証を残した。おまえを花嫁にすると決めたからだ」

「わたしがあなたを助けたのは、ただの偶然です。助けたといっても、少し手当てをしただけです。それなのに、たったそれだけで人生を決めるなんて……」

彼は、香港の大富豪である鄒一族の後継者だ。一介のホテル従業員とでは、身分も立場も違う。約束を果たすために会いに来てくれたのは嬉しいが、穂乃果には想像すらできない世界で生きている男なのだから、花嫁を選ぶにしても、家柄も容姿も相応の女性がたくさんいるだろう。

「……わたしは、あのときのことは誰にも言っていませんし、恩を売るつもりもありません。だから……」

「俺に、おまえを忘れろと？」

目を眇《すが》めた暁龍に低く問われ、穂乃果は息を詰めた。

正直、もう二度と会えないと思っていたし、一夜限りの関係だったのだと自分に言い聞かせていたから、こうして彼が目の前にいることが信じられなかった。会えないと思ったときは悲しかったし、もっとこの男の傍にいたいという感情があったのも事実だ。

それでも、求婚とも呼べない断定的な物言いをされてすぐに応えられるほど、穂乃果も愚かではなかった。

「いきなり過ぎて、どう答えていいかわからないんです。だってわたしにとって暁龍は、もう二度と会えないと思っていた人で……それなのに、急に花嫁になれなんて言われても」

「そうだな、性急だったことは認めよう。でも俺は、おまえを花嫁にする。もしおまえにほかの男がいても、必ず奪ってやる」

「そ、そんな男の人なんていません！」

そもそも暁龍と出会ったときだって、彼氏などしばらくいない状態だった。恋愛よりも仕事に生きていくほうが自分には似合いの生き方だとさえ考えていた。

もちろんそれは、この一年もずっと変わらない。暁龍との一夜が特別であり、穂乃果の人生においての例外だったのだ。

「わかった。それなら、このホテルに滞在中に口説けばいいということか」

暁龍が不敵に微笑み、穂乃果の胸に触れる。上着のボタンを外し、その下に着ているベストの上からいやらしく胸を揉みしだかれた。五本の指をふくらみに食い込ませ、淫らな動きで欲望を煽る。服の上から双丘の頂きを押し擦られた穂乃果は、激しく首を振った。

「暁龍……っ、やめてくださ……」

「……一年だ。ようやく手に入れられるところまで来て、もう待つのはごめんだ」

香港で別れてから、彼に何があったのかを穂乃果は知らない。再会したばかりで、まだ尋ねたいこともたくさんある。それなのに暁龍は、まるで身体から陥落させるかのような行動を取ろうとしている。

「なんで、こんな……」

「望んでいた女を目の前にして、手を出さないほうがどうかしている。もとより俺は、行儀のいい口説き方をするつもりはない。おまえもよく知っているはずだ」

「あ……っ」

耳孔に舌を挿し入れられて、肌が粟立つ。濡れた音と舌の感触に快楽を呼び覚まされて、頭の中で警鐘が鳴り響く。

これ以上されたら、仕事どころではなくなってしまう。自分の職務を思い出せと強く念じた穂乃果は、暁龍の手から逃れようとする。しかし彼は穂乃果の意思など関係ないとばかりに、片手でシャツのボタンをふたつほど外した。

「俺は、ずっとおまえに飢えていた。おまえは違うのか？」

「や、やめ……っ、ん！」

露わになった首筋に呼気がかかり、小さく肩が跳ねる。それと同時に肌に舌を這わせられて、ずくりと下腹が疼きを覚えた。

目の前の男は、一年前と同じように強く穂乃果を欲している。そして穂乃果もまた、自分が彼を求めていたことに気づかされてしまう。

異国の地で出会ったことによる一種の熱病だったのだと思い込もうとした時期もあった。でもこうして顔を見れば、思い知らされる。自分がどれだけ再会を待ちわびていたのかを。

「暁龍……わた、し……」

悪戯に舌が首筋を往復し、快楽の扉を開いていく。意図せず媚を含んだ声で彼を呼んだとき、暁龍がハッとしたようにその動きを止めた。そして彼は胸の谷間に沈んでいたペンダントをすくい取る。

「……このペンダント、ちゃんと持っていたのか」

「あ……」

それは、暁龍が穂乃果に残した龍の形を模したペンダントだった。あれからずっと、肌身離さず持ち歩いている。なぜなら、『一年後に会いにくる』という約束が果たされることを願っていたから。穂乃果にとっては、お守りのようなものだ。

「これは……もしも会えたら、返そうと思って……大事なものなんでしょう?」

「なぜそう思う」

「だって、あなたが唯一持っていたものだから」

暁龍の問いかけに、穂乃果は即答した。彼の名、そして左上腕部にある昇龍の痣。彼にとって〝龍〟は特別なのだと察するのは当たり前だ。

あのとき貴金属の類は持っていなかった彼が、このペンダントだけは身に着けていた。少なくとも暁龍には、特別な品だっただろう。もっともそれは、〝一年前〟のことで、現在の彼にとってはさして意味のない代物かもしれないのだが。

そう思いつつ、ペンダントの留め具を外そうとする。けれども彼は穂乃果を制すと、感慨深そうにつぶやいた。

「やはりおまえは……俺の運命の女だ」

「運命、って……」

「おまえの言うように、この龍は俺にとって大事なものだ。何も言わずに立ち去る代わりに、俺の大事なものをおまえの手元に残した。何も言わずとも俺の意思を汲んでいるおまえは、想像以上のいい女だ」

「……そんなこと、わからないじゃありませんか。捨てようとしたことだってあるかもしれないのに」

「だが、おまえは捨てていない。現にこうして身に着けていることが、俺を忘れていなかったことの証だろう。仮定の話など無意味だ」

暁龍はそう言い切ると、穂乃果を抱き起こし、自身と向かい合わせにさせた。膝を跨がされてつい彼の肩につかまると、力強く腰を抱き込まれ、またひとつシャツのボタンを外された。完全にブラが見えた状態になり、恥ずかしさで頰が熱くなる。こんなところをほかのスタッフに見られれば、間違いなくクビに違いない。

「離してください……お願いします」

「断る。余計なことは考えずに早く俺を求めろ、穂乃果。おまえが望むなら、なんだって叶えてやる。このホテルが欲しいというなら買収してもいいし、なんなら新しく建ててもいい」

「なっ、何を馬鹿なこと言って……」

「本気だぞ、俺は。その程度なんの造作もない。その代わりに、おまえを寄越せ。俺の正体を知っても花嫁になると即答しないおまえが、余計に気に入った」

尊大な言葉を放った唇が、はだけている胸に埋まった。谷間をチロチロと舐められて無意識に腰を揺らした穂乃果は、布越しに彼自身の昂りを感じて息を呑む。ズボンの前を押し上げるほど暁龍が興奮しているのだと知ると、下腹がきゅんと疼いた。

「んっ……暁龍……これ以上、は……」

「強情だな。俺はおまえとこうしているだけで、もう挿れたくてたまらない」

暁龍は両手でタイトスカートを捲《まく》り上げると、ストッキングが破れそうなほど強く尻を鷲づかみにした。そのままグッと恥部に腰を押しつけられて、布越しに押し擦られる。互いの呼吸はしだいに乱れ、もどかしい快感が体内に溜まっていく。

「抱くぞ」

端的に告げられた穂乃果は、それでもなけなしの理性で拒もうと口を開きかけた。しかし、次の瞬間――。

「ちょっと！　いくら久しぶりだからって、サカってんじゃないわよ！」

凛とした声がリビングに響き渡り、穂乃果が弾かれたように首だけを振り向かせる。すると、眉をひそめた朱が立っていた。

慌てて胸もとを押さえて暁龍から離れようとすると、彼に阻まれる。抗議しようとするよりも先に、男の端整な顔がこれ以上ないほど歪められた。

「……朱。おまえを呼んだ覚えはないが？」

「主の暴走を止めるのも、秘書の務めだと心得ているの。僭越ながら、主を諫めるべくまいりましたのよ」

「空々しいことを。おまえ、部屋から出ずにタイミングを図っていただろう。おかげですっかり興が削がれた」

不機嫌そうに言い放つ暁龍に、朱が笑みを浮かべる。

――まさか、今までのことを全部見られてたってこと……⁉

暁龍に退室を命じられた朱は、てっきり部屋から出て行ったものだとばかり思っていた。しかし、彼女が部屋を出る姿を確認していない。暁龍が早々にリビングに入ったため、穂乃果はゲストへの説明を優先させたのだ。その結果、朱が別の部屋で待機していたことに気づけなかった。

　羞恥に身悶えて火を噴きそうなくらい顔が赤くなる。朱の顔が見られずに視線を落とすと、彼女がため息交じりに主に告げる。

「それで、いつまで穂乃果を離さないつもり？　部屋に運び込んだプレゼントだって、まだ渡していないでしょ？」

「ああ、そういえばそうだったな」

　暁龍は自身が乱した穂乃果の胸もとを整えると、ようやく膝の上から下ろした。力なくソファに座った穂乃果だが、すぐさま彼に腕を引かれて腰を抱かれる。

「朱、頼んでおいたものはどこにある」

「コネクティングルームの中よ」

　朱の言葉にうなずくと、暁龍が穂乃果を伴ってリビングを出る。

　コネクティングルームとは、スイートに隣接している独立した部屋のことだ。スイートを利用するゲストにのみ、リクエストに応じて部屋を開放する場合があり、暁龍も利用するようだ。彼らの会話から察するに、朝から運び込まれていたというハイブランドの品々は、コネクティングルームに入れられていたようだ。

　スイートと隔てられている扉のキーを朱が開けると、決して狭くない部屋の中には、服やバッグ、ジュエリーなど、それぞれの分野で名を馳せているブランド名の入った箱が並んでいた。スタッフルームで話題になっていた通りの光景である。そのうえ大輪の薔薇が飾られているものだから、圧巻としか言いようがない。

「これは、すべておまえのために用意したものだ」

「えぇっ？　ど、どうしてわたしに……」

「花嫁を迎えに来るのに、手ぶらで来るわけにいかないだろう」

当たり前のように告げられて、唖然とする。彼と自分の常識がまったく違うと思い知った瞬間だった。いったいこの部屋にある品物だけで、自分の何年分の給料相当になるのだろう。名だたるブランド品を目にしただけで、気が遠くなりそうだ。

「こんな高価なもの、いただけません……！」

「気に入らないか？　それなら別の店の品を用意するが」

「そういうことじゃなくて……」

「すべておまえのためのものだ。おまえが受け取らなければ、ただのゴミになる」

信じられないセリフを吐きながら、暁龍は朱に目くばせをした。うなずいた朱が、大量に置かれた箱の中から上品なドレスを取り出して彼に見せる。

「このドレスでどう？」

「ああ、いいだろう。穂乃果、今日の仕事は何時に終わるんだ」

「早番で来ているので、七時には終わりますけど……」

「それなら、仕事が終わったあと、このドレスを着て夕食に付き合え。用意は朱に手伝わせればいい」

暁龍の物言いは、決定事項だと言わんばかりだった。このままでは、この部屋にある高級品すべてを受け取らなければいけない状況になりそうで、穂乃果は慌てて彼に告げる。

「そんな……急に言われても困ります。わたしにだって、都合がありますし」

「久しぶりに会った男よりも優先するべきことがあるとは、興味深いな。いったいなんの都合だ。言ってみろ」

「それは、その……」

「逃げようとしても無駄だ。言っただろう、おまえを口説くと」

穂乃果の顎を取った暁龍が、雄の色気全開で口の端を上げる。口説くなどと言いながら、すでに穂乃果は自分のものだと確信しているようである。

そういえば、欲しいものは躊躇なく手に入れると言う男だった。身なりがいくら変わっていても、本質は変わっていないのだ。

こうして向き合っていると、改めて思い知らされる。やはり、この男が好きなのだ、と。

「ちょっと！　私の存在を忘れないでちょうだい。暁龍、あなたはこのあと打ち合わせが入ってるでしょ。日本に来たのは、穂乃果を花嫁に迎えるためだけじゃないんだから」

朱の張り上げた声が、見つめ合うふたりの間に割って入った。暁龍はじろりと彼女を見据えると、わざとらしく肩をすくめる。

「たしかにそろそろ時間だな。だが、キスをする時間くらいはあるだろう」

「んんっ……」

避ける間もなく軽く唇を合わせるだけのキスをされ、顔に熱が集まる。人前で何をするのだと声を上げようとしたとき、彼が機先を制した。

「覚えておけ。おまえは俺の花嫁になる。今はまだ戸惑っているだろうが、いずれ俺だけを欲するようになる」

宣言とともに、暁龍は部屋をあとにする。

——なんなの!?　もう……っ。

いろいろ言いたいことはあるのに声にならず、穂乃果はしばしその場に立ち尽くした。

*

部屋を出た暁龍は、穂乃果の反応を思い出し、端整な顔に笑みを浮かべた。

今の自分は、この一年の間で一番機嫌がいい。もちろんそれは、望んでいた女——穂乃果とようやく再会できたからだ。

一年前、穂乃果を抱いた暁龍は、彼女に何も告げず部屋を出た。なんの説明もなく姿を消したことで傷つけるだろうと予想していたが、すべては穂乃果の身を案じてのことだ。

――しかし、我ながら最低の行動だったな。

窮地を救ってくれた女に手を出した。彼女と離れがたくなったからだ。暁龍は穂乃果を好ましく思っていたし、あのまま別れては後悔していたことだろう。けれどもそれは、あくまでも自分の都合であり、彼女に押しつけるのは間違っている。

わかってはいたが、穂乃果が帰国する前にどうしても抱きたかった。彼女の性格では、情を交わした男をそう簡単には忘れない。離れてしまう前に、自分を刻みつけておきたかったのである。

「――暁龍様。先方がロビーに到着されたと連絡がございました」

「そうか」

廊下に出ると、正面にあるエレベーターの前でボディーガードを束ねる男、于《ユー》でが控えていた。

『evangelist』において、最上級の部屋はふたつある。ひとつは、ホテルの名を冠した部屋と、暁龍が借り切ったこのフロア――インペリアルスイートと呼ばれる部屋である。海外の要人の利用も多いこのホテルでは、セキュリティも万全だ。

しかし、暁龍は訪日の際に両手では足りないほどの護衛を引き連れてきている。それは、一年前の事件に起因した保険だったが、正直煩《わずら》わしいことも否めない。

穂乃果と出会うきっかけとなった事件が起こるまでも護衛の類はついていたが、最小限に留めていた。自分自身も腕に自信があったし、常に傍にいる朱も同様だったため、それほど物々しい警備は必要がないと考えていたのである。

だが、その慢心を突かれ、事件は起こった。あの事件を境に、暁龍がひとりになる時間はほぼ皆無だ。とはいえ、事件がなければ穂乃果と出会えなかったのだから、帳尻は合っているのかもしれない。

「……穂乃果にも護衛をつけているな？」

「はい、抜かりなく。ホテル側にも話は通してあります」

如才《じょさい》なく答える于にうなずくと、護衛とともにエレベーターに乗り込んだ。

今回の訪日の理由として、暁龍は〝ホテル業に参入するための視察〟としている。しかもそれは、非公式な視察としていた。表向きは、同業他社にホテル業参入を気取られないためだ。だが、真実は鄒一族の後継者である暁龍が、花嫁を迎え入れようとしていると知れれば、横槍を入れられる恐れがあるためである。

本当は、今すぐにでも穂乃果と式を挙げ、自分の庇護《ひご》下に入れてしまいたかった。けれども香港のアパートでともに過ごしていたときに彼女の夢を聞いていたこと、そしてほんのわずか、自身の事情に巻き込んでしまったことへの後ろめたさが、強引に事を運ぶという選択肢を捨てさせた。

——俺らしくもない。いや、そもそも女に心を惹かれている時点で、自分らしさなど失せたも同然だが。

欲しいものは、どんな手を使っても自分のものにする。隙を見せれば身内にすら命を狙われるため、邪魔者は躊躇なく排除する。暁龍はそういう世界で生きてきた。

そんな暁龍にとって、穂乃果との出会いは衝撃だった。

殺伐とした世界に身を置いてきた。それが、なんの駆け引きも打算もない彼女の心根に触れ、強く惹かれた。穂乃果は、それまで鄒家のためだけに生きてきた暁龍が、初めて自ら望んだ女だ。恋人を通り越して花嫁にするのは性急過ぎると自覚はあるが、それも致し方ないと思っている。

愛しく思った女をこの腕に抱きたい。

その一心で暁龍は、古くからの友人で『evangelist』日本支社長である佐伯に協力を仰いだ。彼女を花嫁に望み、承諾を得られたらすぐにでも香港へ連れて帰りたいのだと伝えたところ、友人は難色を示した。「まず、彼女の意思を確かめて、事を進めるのはそれからにしろ」と助言を受け、それを呑むことで協力を取りつけたのだ。

——穂乃果の態度だと、もう少し時間が必要か。

先ほどの彼女の様子を思い返したところで、エレベーターが一階に到着する。すると、暁龍を待ち構えていたように複数の護衛が頭を下げた。

「大仰な態度は改めろと言ったはずだが」

「お言葉を返すようですが、我々は暁龍様のボディーガードです。主に対して不敬は許されません。もちろん、あなた様の花嫁に対しても同様に礼を尽くします」

「ほどほどにな。俺と違い、あいつはおまえたちに慣れていない」

護衛のひとりが発言し暁龍が肩をすくめたとき、前方より件の友人が歩いてきた。

すらりと伸びた長い手足に、暁龍とそう変わらない長身。そして一見冷ややかにも見える整った容貌の男は、眼鏡の奥にある目をゆるめて一礼した。

「当ホテルをご利用いただきありがとうございます」

「かしこまった挨拶はよせ。……久しぶりだな、佐伯」

佐伯に手を差し出すと、彼は暁龍の手を握り返す。

「立ち話もなんだから、とりあえず場所を移動しようか。本当は、ディナーに誘いたいところだけどね」

「ディナーは遠慮する。穂乃果と過ごしたいからな」

隠すことなくそう伝えれば、佐伯は肩を揺らせた。

「そうだろうと思ったよ。鄒暁龍とのディナーの権利を得るなんて、彼女はとても幸運だね。君と食事する権利は、オークションに出品されるくらい競争率が高いのに」

ロビーを抜けて館外に出ると、佐伯が笑う。

佐伯の発言は事実である。数年前に、暁龍と食事をする権利はオークションに出品され、高値で落札された。

鄒家は基幹事業の不動産や港湾事業をさらに広げ、通信や小売業にも進出している。暁龍は父の右腕として働く傍ら、投資家として個人資産を増やしていた。香港最大のコングロマリットの御曹司で、その莫大な資産と本人のカリスマ性から、〝鄒の皇帝〟の異名を持ち、経済界で広く知られている。世界長者番付上位に名を連ねている暁龍と会食できる機会とあって、オークションでは最高額がついたのだと当時話題になったのだ。

「それはビジネスランチで、プライベートな食事ではないだろう。おまえとの食事にもビジネスは含まれているが、俺は純粋に友人と食事をするつもりだったが？」

「俺もだよ。話しておきたいこともあったしね」

会話をしているうちに、車寄せに到着した。

車寄せには、暁龍が所有する車が停められている。ふたりが乗り込むと、静かに走り出す。運転席と助手席には、暁龍の護衛がそれぞれ乗り込んでいたが、いっさい無駄口は叩かない。周囲に視線を走らせる様は、どこか物々しさを漂わせている。

「それで、久しぶりに会った彼女は、花嫁になることを了承したのか？」

車内の雰囲気に動じることなく問いかけてくる佐伯に、暁龍がゆるく首を振る。

「いや、まだだ。だが、必ず連れて帰る。そのために俺は一年我慢して、ようやく日本へ来られたんだからな」

「ただ、君の事情を彼女は知らないんだろう？　さすがに急ぎ過ぎだ。香港で数日一緒に過ごしただけの相手に」

「過ごした時間の長さはたいした問題じゃない。信じるに値する女で、欲しいと思った。それだけで充分だ」

　暁龍の言動からは、迷いの欠片すらない。それを感じ取った佐伯は息をつくと、それでも念を押す。

「鄒一族の後継者である君の人生に巻き込むんだ。生半可な覚悟なら、手放してあげるのもやさしさだよ。それにうちのホテルも、優秀な人材を失いたくはないのでね」

　前半の佐伯の言は、暁龍の立場を知る者としてもっともな懸念だった。それこそが、暁龍が一年の間穂乃果との関わりを絶った理由でもある。

　後半については、彼の偽らざる本心だろう。暁龍の依頼を受けて、佐伯は穂乃果の勤務態度や人となりについて知っている。そのうえで、優秀な人材と称したのだから、彼女が仕事に打ち込んできたのがよくわかる。

「手放すという選択肢は俺にない。穂乃果の覚悟が決まるように、口説くだけだ」

「まあ、気持ちはわからないでもないよ。こういうことは、理屈じゃないんだろうね。時を重ねて得られる関係性もあれば、時間をかけずに惹かれることだってある」

一定の理解を示した佐伯に目だけで同意を示すと、暁龍は車窓を眺める。

穂乃果と別れたときに、一年の期限をつけた。あの時点での暁龍には、それしか約束できなかった。

――もう少しで、正式に後継者として発表される。そうなればもう、誰にも邪魔はさせない。

暁龍は、この五月で三十歳になる。現在は父の右腕として鄒家の関連企業で働いているが、三十歳になるのを機に、父より経営の座を譲り受ける予定だ。誕生日と同時に暁龍に経営権が委譲されるのは、一族の中では有名な話であり、関連企業にも周知されている。それまでの間に、穂乃果を花嫁に迎える。それこそが、暁龍の望みであり、そのために我慢をしてきた。

「それで、君は花嫁を迎えに来ただけではないんだろう？」

「ああ、そうだ。鄒のホテル業参入にあたり、おまえのアドバイスを得ようと思ってな」

「ライバルになるホテルの社長に教えを乞うと？　そういう貪欲な姿勢は嫌いではないけれどね」

「貪欲でなければ、鄒の後継者を名乗れないからな。それに、おまえにとっても鄒とパイプができるのは悪い話ではないだろう」

佐伯の言葉に口角を上げると、暁龍はビジネスの話を始めるのだった。

＊

仕事を終えた穂乃果は、朱につかまって暁龍の宿泊するスイートに連れて来られた。

彼の命令通りにドレスを着せられることは避けたいと身構えていたが、暁龍は仕事で夕食を一緒にとれないという。

「ごめんなさいね。誘っておきながら夕食は中止だなんて」

「いえ、わたしも……ドレスを着ていくような場所での夕食は、さすがに遠慮しないといけないと思っていたので」

穂乃果は苦笑をすると、落ち着かない気分で部屋を見渡す。

ただでさえ高級感溢れる室内に委縮してしまうというのに、穂乃果はこのホテルの従業員である。何か部屋に不備はないかと、ついチェックしてまわりたい衝動に駆られるのだ。

それに現在は私服であるため、余計に落ち着かない。制服を着ていれば、まだ仕事だと割り切れるのだが、勤務外の今は完全にプライベートだ。今日はボートネックのワンピースにコートを合わせたシンプルな装いで、通勤ならいざ知らずスイートにいると場違いに思えてしまう。

「あの、暁龍……鄒様がいらっしゃらないのに、どうしてわたしを……？」

「もちろん、主の命令よ。自分が帰ってくるまで、穂乃果を逃がすなと言われているの。夕食はまだでしょう？　あなたのために用意したのよ。一緒に食べましょう」

テーブルに並べられた豪勢な料理を指し示し、朱が微笑む。メニューから察するに、ただのルームサービスではなく、ホテルのメインダイニングから直接運ばれてきたものだろう。単品だけでかなり値が張るし、値段に見合うだけの味なのはスタッフとしてよく知っている。

しかもこの料理は、スイートルーム専用に用意された特別なメニューである。それを自分が食べるのは、なんとも申し訳なく思う。

「せっかくですが、遠慮させていただきます。お客様から頂き物をするわけにはまいりませんので」

「でも、あなたもう仕事は終わったんでしょ？　それに……暁龍のことでいろいろ聞いておきたいこともあるしね」

そう言われれば、断るわけにいかなかった。暁龍の秘書である彼女からすると、穂乃果と彼の関係は気になるところだろう。

――でも、関係といっても……本当に、香港でほんの数日一緒にいただけだからなぁ。

暁龍と再会後。仕事に戻った穂乃果は、ホテルのスタッフから質問攻めにあった。社長の友人で、香港の大富豪の暁龍と知り合いであるだけでも耳目を集めるというのに、あろうことかロビーで抱きしめられたものだから、話題に上るのも無理はない。

もちろん穂乃果は「以前、たまたま知り合っただけ」と言って言葉を濁し追及をかわしたが、皆納得はしていないだろう。明日からのことを考えると、頭の痛くなる思いだ。

「どうぞ、座って。早くしないと料理が冷めちゃうわ」

「……それでは、失礼いたします」

朱に促された穂乃果は、遠慮がちにコートを脱いで椅子に腰かけた。

暁龍のことについて問われたら、どこまで答えればいいのかわからない。ホテルのスタッフとは違い、朱は彼に一番近い人物だ。いつから秘書を務めているのか定かではないし、彼が一年前傷を負っていたことを知っているのかも不明だ。暁龍が彼女に隠しているとすれば、余計なことは言えない。

「遠慮せず食べてちょうだい。仕事終わりでお腹も空いてるでしょうし。それとも、肉料理は嫌いだった？」

「いえ、そういうわけでは……いただきます」

朱は、優雅な仕草でテーブルにある食事に手をつけていた。こうして見ると、彼女は本当に綺麗な女性だ。それなのに、変に気取った言動は見られないし、穂乃果を気づかってくれている。さすが、暁龍が傍に置いている秘書だと思う。

――スイートに運ばれてきたブランド品の数々が、この人のためだって噂されてたけど……本当に、単なる噂だったんだな。

暁龍に対する朱の態度は、少々くだけている感は否めないが、それを除けば完全な社長と秘書だった。男女間の艶っぽい雰囲気はまるでない。そのことにホッとしている自分もいて、穂乃果は心の置き所に困ってしまう。

「あの……それで、わたしに聞きたいこととはなんでしょうか」

前菜もスープも肉料理も美味であったが、この場では味わうよりも緊張が勝っている。とにかく用件を先に済ませようと口を開くと、彼女は朗らかに微笑んだ。

「そんなに緊張しないで。鄒暁龍がどんな女性を選んだのか、直に確かめたかっただけなのよ。主の見る目は信用しているから、その辺は心配していないんだけど……あなたに、鄒家の花嫁になる覚悟はあるのかと思って」

「覚悟、と言われても……わたしはつい数時間前まで、彼の名前しか知りませんでした。それが突然花嫁だと言われても、正直戸惑ってしまいます」

「彼の立場がわかったのに？　鄒暁龍は、世界長者番付上位に名を連ねるほどの大金持ちよ。それだけでも、魅力的じゃない？」

試すような口調と見極めるような眼差しを向けながら、朱は暁龍についての情報を開示する。

香港のみならず、世界にその名を轟《とどろ》かせる巨大コングロマリット企業を束ねる鄒家の次期総帥である暁龍は、その立場と経営手腕から〝鄒の皇帝〟と呼ばれ経済界で名を馳せていること。父親から受け継ぐ資産のみならず、自身もかなりの資産を有していること。

しかしそれらの情報を聞いても、ますます戸惑いが増すばかりだ。

「……彼がどれだけの資産家でも、わたしとは関係がありません」

それは、穂乃果の本心である。大企業の御曹司で資産家と聞かされても、自分とはあまりにかけ離れた世界だから現実感がない。さしずめ、映画でも見ている気分といったところだろうか。

それに、穂乃果にとって暁龍という男は、御曹司でも大金持ちでもない。香港の路地裏で倒れていた男で、別れたあとも一年間忘れられなかった男――ただそれだけだ。

「彼の立場に興味はないってこと？　それは珍しいかもしれないけど……あなたは認識を改めなければ、暁龍の花嫁になるのは厳しいかもしれないわね」

「それは、どういう……」

柳眉をひそめた朱に、穂乃果が聞き返す。けれども彼女は答えずに、ウォーターグラスに口をつけた。

もともと、花嫁になることだって承知したわけではない。それなのに、なぜ花嫁になることを前提として話が進められているのか。それだけに留まらず『花嫁になるのは厳しい』などと言われては、不快感を覚えてしまう。

「……申し訳ございませんが、わたしはこれで失礼させていただきます」

「えっ、ちょっと待って。まだ彼が帰ってきていないし、もう少し付き合ってくれない？」

「明日も仕事がありますし、お客様のお部屋に長居はできません。──食事代は今日は持ち合わせがありませんので、明日お支払いいたします」

穂乃果は立ち上がると、朱に深々と頭を下げた。顔を上げて扉へ向かおうとすると、立ち上がった朱に肩をつかまれる。

「待って、ごめんなさい。あなたも戸惑っているのはわかるわ。でも、これだけは知っていて欲しい。彼は……暁龍は、三十歳になるのを機に、お父様から経営権を譲り受けて鄒一族の頂点に立つ。でも、それを快く思っていない人間もいるの」

そういう人間にとって、暁龍が花嫁に選んだ穂乃果は、格好の標的になる。彼を直接狙うよりもたやすいからだ。最悪、穂乃果を拉致し、その命と引き換えに、暁龍に後継者の座を捨てるよう要求されることも考えられる。

「もちろん、あれだけの資産家だから、単純に身代金目当ての誘拐もあるわ。彼がいるのは、そういう世界なのよ」

そう語り長いまつ毛を伏せた朱の面持ちは、神妙だった。あまりにも自分の生きている世界と違う話は現実感に乏しかったが、彼女の表情からはまぎれもない真実を語っていることが窺える。

——もしかして。一年前に暁龍が怪我をしていたのは、何者かに狙われたってこと？　そう考えると、彼が傷を負っていた理由も追われていた理由も納得できる。なんらかのアクシデントが発生し、暁龍はひとり香港の街を逃げていたのだ。

最後に何も言わず姿を消したのは、穂乃果に累が及ばないようにという彼の気づかいだったのではないか。自身の命が狙われているから、穂乃果を巻き込まないために約束ひとつを残して去ったのだ。

暁龍の行動の意味を知った穂乃果は、思わずつぶやいた。

「……どうしてそこまで、わたしのことなんて」

彼の真意をひとつ知ると、新たな疑問が湧いてくる。そのとき、背後から伸びてきた手に抱きすくめられた。

「間に合ったようだな」

振り返らずとも、それが誰だかすぐにわかる。スイートに自由に出入りする人間、しかも穂乃果を抱きしめる男などたったひとりだけ。

「鄒、様……」

「暁龍、だ。まったく、おまえときたら強情で困る。……おい、朱。穂乃果に余計な話をして怯えさせるな。花嫁になる覚悟などいらん。必要なのは、俺に愛される覚悟だけだ」

「えっ、あの……どうしてその話を……」

なぜ暁龍は、不在時の穂乃果と朱の会話を知っているのだろうか。穂乃果が疑問を口にするより前に、朱がスーツのポケットから携帯を取り出した。

「もちろん、彼の命令でずっと通話状態にしていたからよ。だから穂乃果がこの部屋に来たときからの会話は、すべて筒抜けってわけ。まったく心配性よねえ。そのうち、穂乃果にGPS発信機でもつけそうな勢いだわ」

「ああ、それもいいな。すぐに用意しろ」

「ちょっ……どうして本人を無視して話を進めるんですか！」

思わず会話に割って入った穂乃果に、朱がクスッと微笑む。

「そうね。その理由は、彼から直接聞いてちょうだい。私がさっきあなたに尋ねた〝覚悟〟の意味がわかると思うわ。……それじゃあ、あとはふたりでごゆっくり」

意味深な言葉を残し、朱はスイートルームを立ち去った。暁龍とふたりきりになり、穂乃果は戸惑いのまま彼を見上げる。

「……いったい、どういうことなんですか？　あなたは、危険にさらされているの？　だからあのときも……怪我をしていたの？」

「自分の身よりも、俺を心配するか。本当におまえはいい女だな」

「もうっ、誤魔化さないで……」

「誤魔化すつもりはない。だが、そうだな……どうせ話すなら、もう少しリラックスできる場所にするか」

　暁龍は穂乃果の腕を引くと、プールへ向かった。

　リビングと隔てられた透明な扉を開くと、温水独特の湿気が肌にまとわりつく。プールサイドにある数脚のデッキチェアには、朱が準備したのか、タオル、それに男性用と女性用それぞれの水着が置かれていた。

「ふん、さすがにこういうところは気が利くな。見てみろ、おまえの水着も置いてあるぞ」

「えっ、それは朱さんのものじゃ」

「なぜあいつを、ここで泳がせる必要がある。これは、おまえ用のものだ」

　それを言うなら、ホテルのスタッフである穂乃果だってここで泳ぐような立場ではない。そう言おうとしたものの、なんの躊躇もなく彼が服を脱ぎ去ったものだから、慌てて後ろを向いた。

「着替えるのなら、そう言ってください……っ」

「裸くらいで何を今さら。おまえは、俺のすべてを知っているだろう」

　一年前に抱かれたことを暗に匂わされ、穂乃果は小さく身震いする。そうでなくとも昼間濃厚なキスをされているのに、あまり刺激的なことを言わないで欲しい。彼の声もぬくもりも、穂乃果にとっては媚薬のようなものだ。一度触れてしまえば最後、身も心もとろとろに溶かされて、彼を求めてしまう。

「終わったぞ。おまえも着替えろ」

「わ、わたしは泳ぎに来たわけじゃ……」

言いながら振り向くと、暁龍は水着姿だった。シンプルなブラックのサーフパンツスタイルであるが、彼によく似合っている。引き締まった身体も、左上腕部にある昇り龍の痣も、一年前に見たときと変わらない。

ただ――。

「……傷、残ってしまったんですね」

穂乃果は彼の右腕に残る傷痕に目を留めて、かすかに眉をひそめた。ふたりが出会うきっかけとなった暁龍の負傷は、やはり素人が手当てしただけでは充分じゃなかったのだ。

「おまえが気にすることじゃない。この傷を負ったから、俺はおまえと出会えた。そういう意味では、感謝せねばならないな」

「何を言ってるんですか！　傷を負って感謝なんて、どうかしてます。運が悪かったら、どうなっていたかわからないのに」

「そうだな。だから俺は、救ってくれたおまえに感謝している」

「……あのときあなたは、どうして逃げていたんですか？　それに、一年経ってわたしの前に現れたのはどうして？」

堰《せき》を切ったように、これまでの疑問が溢れ出す。いや、疑問ではない。彼の立場、それに朱と会話したことで、ある程度事情を推察している。だから、穂乃果が求めているのは真実だ。暁龍から直接真実を話してもらえるなら、それを信じることができる。

「そうだな。どこから話すか……」

暁龍は少し思案すると、おもむろに穂乃果に近づいた。デッキチェアに座るよう促されてそれに従うと、彼はとなりに腰を下ろす。

「朱から聞いて、だいたいの事情は把握しているだろう？　一年前に俺に傷を負わせたのは、俺が鄒一族の頂点に立つことを阻止したい人間だ。そのためなら、俺を殺しても構わないと思っている」

彼は淡々と、自身の置かれた状況を語った。

鄒一族を束ねる父がいること、自分はそのひとり息子であること。莫大な資産を有する親を持つため、幼いころからボディーガードに守られる生活であったこと。現在は父の右腕として働く傍ら、投資家としても活動していること――。

そして彼の口から語られたのは現状だけではなく、鄒暁龍という男の抱える孤独だった。

「一年前おまえと出会ったときは、ボディーガードをつけずに街へ出ていた。たまにひとりで歩いて街の空気を感じることで、息抜きをしていたんだが……そこを狙われた」

暁龍のスケジュールは、一部の側近を除いて誰にも知らされていない。しかし、知られていないはずの情報が漏れ、襲撃されたのだという。その事実が意味するところ——つまり彼は、近しい人間の中に、敵がいることにほかならない。

「……それで、犯人はわかったんですか？」

身近な人間の中に、敵の内通者がいるのなら、彼は常に危険と背中合わせの状況ではないのか。つい眉根を寄せて問うた穂乃果に、暁龍が鷹揚に笑う。

「内通者は、おまえと別れたあとすぐに判明した。処分したから、今のところ問題はない。心配か？」

「当たり前じゃありませんか……！　ただでさえわたしは、あなたが怪我を負った場に居合わせていたんです」

「そうか。だが、隙を見せれば追い落とされるし、時には身の危険にさらされる。俺が生きてきたのは、そういう殺伐とした世界だ。だからこそ、なんの利もなく人助けできるおまえを愛しいと思って……どうしても欲しくなった。そこで、後継者になって身辺が落ち着いたころに、改めて迎えに来ようと考えた」

——暁龍は、約束を守るためにこの一年を過ごしていたの……？

強引な求婚の裏に隠されていた彼の想いに、穂乃果は聞き入っていた。

ほんのわずかな時間を過ごしただけの女に、そこまで思い入れられる彼は、かなり情が深いのだろう。そして、それまで孤独で殺伐とした世界に生きてきた男だからこそ、穂乃果の善意が心に染みたのだ。

「……身辺は、落ち着いたんですか？」

「そうだ……と言いたいが、完璧とは言いがたい。あらかた対処はしてきた。でも、俺が父からすべてを譲り受ける前に、なんとしてでも阻止したい男がひとりいる。そいつが一番厄介だ」

「その人の目星はついて……？」

「……父方の叔父だ。決定的な証拠を残していないから、表立って対処できない。なまじ身内だから、余計に厄介でな。獅子身中の虫というやつだ」

暁龍の目が鋭く細められる。彼が一族の後継者となる最大の障害が立ちはだかっている。ということは、まだ暁龍の命が狙われる可能性が残っている。

「どうしてそんなときに、わざわざ日本に……」

「香港に新規ホテルを起ち上げる計画がある。そこで友人の佐伯にアドバイスを聞きに来た。……というのは建前で、おまえに会いに来た。それだけだ。佐伯のホテルにおまえが勤めていることは知っていたからな。この機におまえと会って、プロポーズしておきたかった。約束しただろう。忘れたとは言わせないぞ」

穂乃果とした約束を果たすために、暁龍は危険を冒して日本に来たのだ。紙切れ一枚に記された言葉は、彼の中で大事にされていた。自分にそんな価値はないと穂乃果は思うが、その一方でやはり嬉しくなってしまう。

「ありがとうございます。約束を守ってくれて……それに、無事でいてくれてよかった」

「俺の本気がわかったなら、早く花嫁になると言え。そうすれば、俺が一族の後継者として披露されるのと同時に、おまえを花嫁として皆に紹介できる」

暁龍は不敵に言い放つと、おもむろに立ち上がった。そして穂乃果の腕を引いて抱き寄せ、唇を重ねる。

「ん……っ」

彼の素肌に抱かれた穂乃果は、自分の身体が熱く火照るのを感じた。閉じていた唇をこじ開けた舌先が、口腔に侵入してくる。粘膜を舐める舌の動きは卑猥で、絡み合う唾液の音にすら欲望を煽られる。

強引なキスだが、嫌だとは思わない。むしろ、もっとして欲しいとすら思う。湧き上がる情欲のままに、自分からも応えて舌を蠢かせる。すると彼は、するりと穂乃果の背に指を滑らせ、ワンピースのファスナーを引き下ろした。

「や……何す……っ」

「決まっているだろう。昼間はお預けを食らったんだ。それに、おまえだってキスに応えていた。俺が欲しくないとは言わせない」

間近で見る漆黒の瞳は、穂乃果の中にくすぶる欲望を見透かしているようだった。

思わず視線を外して背を向けたとき、ブラのホックを外される。縛めの解かれた胸がこぼれ落ち、とっさに両手で胸を押さえた穂乃果だったが、暁龍は背中から穂乃果の手を退けてブラを取ってしまった。

「あっ……」

「俺は、自分の状況も気持ちも伝えたぞ。今度はおまえの番だ……穂乃果」

彼に肩をつかまれ、ふたたび向かい合わせにさせられる。けれどもその目を見ることができずに、胸を隠して視線をうつむかせた。それなのに暁龍は、不服そうに穂乃果の顎を上向けさせる。

「目を逸らすな、俺を見ろ」

「や……だったら、服を着させてください……」

「必要ない。どうせこのあとすべて脱がせる。いいか、穂乃果。何も知らなければ不安にさせると思って俺のことを話したが、立場や状況は考えるな。おまえのことは俺が守る。だから、俺の花嫁になると言え」

彼の眼差しが肌に突き刺さる。迷いの欠片すら見当たらない漆黒の瞳を見ていると、覚悟のない自分を責められてさえいる心地になる。

でも、やはり迷いは捨てられない。これまで普通の生活をしてきた穂乃果にとって、彼の花嫁になるというのは未知の世界に飛び込むということ。日本から離れ、仕事を捨て、この男を選ぶことを意味しているからだ。

「暁龍のことは、別れてからの一年間ずっと、忘れられませんでした。でも、わたしは……すべてを捨ててあなたについていく覚悟は持てません」

穂乃果は自分の気持ちをありのまま伝えた。それが、自身の状況を隠さず語ってくれた暁龍に対しての誠意だからだ。

一族の後継者としてお披露目される大事な時期、しかもそれを阻止しようとしている人間がいる状況で、女ひとりに煩わされている暇はないはずだ。

――そんなこと、わかってる。それなのに……。

ようやく会えた暁龍を無条件では受け入れられないくせに、もし彼が別の女性を選ぶとしたら嫌だと思うのだ。もしも暁龍が約束を忘れ、ほかの女性を伴って現れていたとしたら、きっと穂乃果の心は深く傷ついていたに違いない。

なんて身勝手な感情だと、自嘲したときだった。

「考えるな、穂乃果」

「えっ……きゃぁっ！」

穂乃果の腕を引いた暁龍は、そのままプールに向かって飛び込んだ。派手な音を立てて水に飛び込まされた穂乃果は、驚いて水面に顔を出す。

「なっ、何するんですか……！」

「おまえが余計なことを考えているからだ」

暁龍は髪をかき上げると、不敵に微笑んだ。魅力的な表情を前にして、反論することも忘れて見惚れたとき、彼は穂乃果を抱き上げた。そしてプールサイドに腰かけさせて、水の中から見上げてくる。

「俺たちはもともと、互いに何も知らない状況で抱き合った。俺もおまえも、裸になればただの男と女だ。難しく考えずに、自分がどうしたいのかだけ考えろ」

薄く開いた暁龍の唇が弧を描き、ゆっくりと膝頭に近づく。その唇が押し当てられると、穂乃果は小さく声を漏らした。

「あ……っ」

「少し触れただけなのに、そんなに甘い声を出すな。それとも、煽っているのか？」

揶揄した彼は、穂乃果の両膝に手をかけて、左右に割り開いた。M字の形に開脚させられてしまい閉じようとするも、彼の身体に阻まれてしまう。

「下着が水で張りついて中が透けているぞ。扇情的な眺めだな」

「やっ……あんっ」

足のつけ根に顔を埋めた暁龍は、水に濡れたショーツに鼻の頭を擦りつけた。割れ目に張りついた布地の上から押し潰されて、はしたなく蜜口が疼く。床に手をついて後退しようとしたものの、彼に膝を押さえられているため逃げられない。

「俺に触れられるのが嫌なのか？　違うだろう、穂乃果」

　暁龍は、ショーツを脇に除けたかと思うと、蜜部へ舌を這わせた。唾液をまとった熱い舌先が秘裂をなぞっていく感覚に、穂乃果は下肢を震わせる。

「あぁっ……！」

　花びらを散らした舌先が蜜口に触れた瞬間、穂乃果の白い喉が反った。蜜口に挿し入れられた舌先が、浅い場所を行き来する。同時に親指で花芽を撫でられて、ふしだらに腰が揺れ動く。体内は熱く潤んでいき、快楽の扉が開いていく。

「あ、あぁっ……そこ、ダ、メ……ぇっ」

　膨れた肉粒の包皮を剝かれた穂乃果は、腰を揺らして形ばかりの拒絶を示す。しかし男はそんな拒絶など聞いていないかのようで、舌で、指で、会えなかった時間の隙間を埋めていく。

　彼の舌の動きに合わせて胸の先端が硬く凝り、空気の振動にすら感じてしまう。もっと強い刺激を望むかのように肉襞は蠕動《ぜんどう》し、剝き出しにされた花芽は今にも弾け飛びそうだった。

「暁龍……っ、や……ぁっ」

　——あのときも、そうだった。

　一年前も、女として強く求められた。互いの名前しか知らない状態だったのに、目の前

の男がただ愛しいと思った。今の暁龍の行為は、そのときの気持ちを思い出せと言っているようだ。

プールサイドは穂乃果の吐く荒い呼吸で満たされて、淫靡な空気に包まれている。自分の職場で淫らな行為に耽る背徳感が、快感を増幅させた。

「あっ、ん……っ、暁龍っ……もう、やめ……」

「本当にやめていいのか？　おまえの身体はそうは言っていないが」

暁龍は舌を引き抜くと、挑発的に穂乃果を見上げた。舌を失った蜜口は浅ましくひくつき、淫蜜をしたたらせている。明らかに水ではないもので濡れていることを自覚し、穂乃果の顔は真っ赤に染まった。

「意地悪……っ」

「は……おまえのほうがよっぽどだぞ。この俺を、ここまで焦らすんだからな」

彼はプールサイドに上がると、デッキチェアに置いてあったタオルで軽く身体を拭った。そのタオルを穂乃果の肩にかけて、タオルごと抱き上げる。

「一年ぶりの再会だ。ゆっくりベッドでおまえを抱きたい」

「っ……」

直球な誘いに、とっさに言葉が出ない。もっと考えないといけないことはあるはずなのに、やはり暁龍を前にするとその感情に呑み込まれてしまうのだ。それは、穂乃果も彼を求めていることにほかならない。理性よりも本能で、目の前の男を欲していた。

「無駄に広いと、ベッドルームまで来るのが面倒だな」

晩龍はひとりごちると、穂乃果をベッドの上に放り投げた。やや乱暴な仕草だったが、キングサイズのベッドは難なく穂乃果の身体を受け止める。しかし、スイートのベッドを堪能するよりも、気になることがあった。

「暁龍……まだ、身体が濡れてますから……」

先ほど無理やりプールに飛び込まされたから、ショーツも身体も濡れていた。けれども暁龍は気にも留めずに、自分の水着を脱ぎ捨てる。

「身体が濡れていようと関係ない。どうせすぐにベッドは乱れる」

尊大に言い放つと、暁龍は穂乃果を見下ろした。すでに隆々と反り返る彼自身を目にしたことが恥ずかしくて背を向けると、身にまとっていたタオルとショーツを剝ぎ取られてしまう。彼にもらったペンダントだけを身に着けた状態で熱のこもった視線を注がれて、熟れた内壁から淫蜜がしたたり落ちた。

「見られただけで感じているのか？　顔が赤いぞ」

「ち、違います……っ」

「隠す必要はない。さっきは途中で止めたからな。身体が疼いているだろう。違うか？」

覆いかぶさってきた暁龍は、穂乃果の胸の頂きに吸いついてきた。彼の濡れた髪が肌に触れ、自分の火照りを自覚させられる。強引な行為なのに感じているのは、強く求められているのが嬉しいからだ。

「んっ、そんな……強く、やぁっ……」

乳頭を強く吸引されて無意識に彼の肩を押し返そうとするも、男の身体はびくともしない。それどころか、空いている手でもう片方の乳房を荒々しく揉み込まれ、押し出されるように乳首が勃《た》ち上がった。

「あっ、あぁっ……！」

とうとう我慢しきれずに、ひと際大きな声が出た。彼の口腔と手のひらで乳房をいいように操られ、愉悦を覚えた肌が粟立つ。女の官能を巧みに揺さぶる暁龍に、穂乃果はたまらずつま先でシーツを掻いていた。

「いい声だ。おまえの感じている声を聞いていると、我を忘れそうになる」

そう言った彼の表情は、言葉とは裏腹に余裕を保っていた。

乳暈ごと咥えた彼は、乳房を弄っていた手で穂乃果の秘所を探ると、割れ目に指を沈ませた。プールサイドで彼の舌を受け入れていた蜜窟はすでに蜜を蓄えており、すんなりと侵入を許してしまう。

「んっ、ふぁ……やぁ……っ」

根元まで挿入され、指の腹で濡れ襞を擦られた穂乃果から、悩ましい吐息が零れる。

この一年、誰にも触れられなかった場所は、暁龍の手で淫らに拓かれていく。もとより、望んでいた男に触れられて喜ばないはずがない。それを表すかのように内壁が窄まると、胸から顔を上げた暁龍がふっと笑う。

「指一本でもきついな。まるで処女だ。慣らしておかないと挿れられそうにない」

淫らな音を立てて蜜路を犯しながら、喜びを隠さずに彼が言う。

そんなことを嬉しそうに言わないで欲しい。そう思うのに、抗議は彼に届かずに、快感に喘ぐしかできなかった。代わりに全身が暁龍の存在を喜んでいるかのように敏感になって、最奥が浅ましく訴えている。早く、体内を満たして欲しい、と。

「暁龍……っ、んっ……くぅ……ンっ」

「欲しいか？　俺が」

言わなくてもわかっているだろうに、それでも彼は問いかけてくる。まるで、穂乃果の答えを求めているように。

「欲し……い。あなたが、一年前に……いなくなったときから……」

――ずっと、暁龍だけが欲しかった。

そう告げるよりも前に、彼は指を引き抜いた。そしてヘッドボードに手を伸ばすと、小さなパッケージを口に咥えてそれを破った。

「朱が気を利かせて用意していた。だが、これだけではとても足りない」

避妊具を自身に着けて口角を上げる暁龍は、欲望を湛えた肉食獣のようだった。熱風に煽られたように肌を熱くした次の瞬間、彼は猛りきった自身を蜜窟に突き入れる。

「んっ、ああああ……っ！」

灼熱《しゃくねつ》の塊を挿れられた衝撃で、穂乃果の腰が跳ね上がる。息のしかたを忘れてしまいそうな圧迫感にシーツを握り締めると、胎の奥まで進んだ彼が吐息を漏らす。

「は……そんなに締めるな」

「そ、んなこと……言われても……ンッ」

「一年ぶりだから、やはりきつい。……だが、一度目は俺の好きにさせろ」

言うが早いか、暁龍は穂乃果の足首を持って大きく広げ、腰を叩きつけてきた。激しい打擲音《ちょうちゃく》が耳朶を打ち、脳髄に響くほど太く硬い欲望の塊で蜜窟を侵される。穂乃果はあまりの淫悦の強さに喘ぎ啼き、視界の隅で官能の火花が散るのを見た。

「やぁっ……あぁっ……！」

一年ぶりに感じる彼の質量と感触が、甘苦しい愉悦を連れてくる。薄い膜越しだというのに、彼の存在をありありと感じる。強烈な刺激で全身が小刻みに震え、眦に涙を滲ませながら彼を見上げた。

「つらいか？」

「違……嬉しく、て……」

　暁龍の問いかけに、穂乃果は首を振った。彼を受け入れている体内は、あまりの猛々しさに悲鳴を上げていた。だが、心は彼との再会を喜び、ふたたび求められたことを喜んでいる。一年前のあの夜、身も心もさらけ出した相手に抱かれることは、彼が思っている以上の感激を穂乃果に与えていた。

「本当におまえは……俺の理性を奪ってくれる」

　眉根をひそめた暁龍は、穂乃果の両膝の裏に腕を差し入れた。膝立ちだった彼は体重をかけるように抽送《ちゅうそう》し、自身を出し入れする様を穂乃果に見せつけた。

「はぁっ……暁龍……うっ、ん！」

　淫ら過ぎる光景に目を閉じてしまいたくなる。しかし、視覚的な刺激に煽られた体内は疼きを増し、熱杭を食い締めていた。

　──わたし、やっぱり……この人が好きなんだ。

　理屈よりも、本能でそう感じる。もとより戯れで男に抱かれる性格ではない。出会いからして特殊だったことで彼に対する感情を認めるのが怖かったが、ただの男と女になれば結局明快な答えに行きつくのだ。

「穂乃果。俺の持っているものをすべて与える。愛も金も、欲しいものはなんでもやろう。だから、おまえの身も心も俺に寄越せ」

　抽送の激しさはそのままに、暁龍が言い放つ。穂乃果は答える余裕もなく、喘ぎ混じりの息を吐き出すのみだ。

「はぁっ……あっ、んッ……あぅっ……」

硬く膨張する彼の先端で子宮口を抉られて、穂乃果の総身が淫らな熱を放出する。張り出した胸にしゃぶりつかれ、張りつめた頂きから悦びが広がっていく。胎の内から湧き起こる絶頂感に、意識を保っていることができない。

「んぁっ……暁龍……暁龍……っ」

「いいぞ、イけ。何度でも、おまえを導いてやる」

「やっ……あ、あああ……ッ」

蜜襞と熱塊の激しい摩擦が絶頂感を押し上げて、大きくうねった内部が彼自身に絡みつく。内壁の浅ましい動きで絞られた彼もまた、小さく呻いて欲を放った。

一年ぶりの再会は、互いの身体を貪り尽くす激しい夜を過ごすこととなった。

3章　皇帝と呼ばれる男の望み

暁龍に抱かれた翌日。穂乃果は目覚めた瞬間から全身の倦怠感を覚えていた。

──今、何時だろう。仕事……行かなきゃ。

朦朧《もうろう》とした頭で考えると、ベッドから身体を引き剝がそうとする。けれども、背中から腹部に巻きつけられた腕に阻まれた。

「あ……」

穂乃果を抱き包んで眠っていたのは、暁龍だった。首だけを振り向かせると、綺麗な寝顔が視界いっぱいに広がる。一年前には見られなかった姿とぬくもりに、穂乃果は胸が満たされるのを感じた。

──こうして見ると、やっぱり素敵だな。

シャープな輪郭に、目、鼻、口が完璧に配置されている。高い鼻梁も薄い唇も、今は閉じている漆黒の瞳も、穂乃果の胸を高鳴らせた。この男に乱されて何度も快楽の頂点を見せられたのかと思うと、ふたたび身体の熱が上がってしまう。

しばし端整な顔に見惚れていると、彼のまつ毛が小さく震えた。

「……穂乃果。起きたのか」

「お、おはようございます……」

「ああ、おはよう」

暁龍はふっと笑みを零すと、穂乃果の肩口に顔を埋めた。

「やはり、目覚めて一番におまえの顔が見られるのは気分がいい。一年前は、何も言わずに立ち去ってしまったからな。……これからは、もうおまえを置いてどこへも行かない」

「暁龍……」

彼もまた、自分と同じように一年前を思い出す日があったのだろう。あの日、穂乃果はベッドにひとり残されて傷ついていたが、暁龍もやむにやまれぬ事情があった。傷ついたのは自分ばかりではなかったと知り、穂乃果は暁龍の腕に手を添える。

「……あのときは、紙切れ一枚だけの約束だったので、やっぱり遊びだったんだって思いました。でも、こうして会いに来てくれたから、もういいんです」

「おまえは、本当に……」

暁龍は穂乃果の腹にまわしていた腕を上げ、双丘を包み込んだ。不埒な熱を高めるような手のひらの動きに、小さく肩を震わせる。

「んっ……ダメ、です……わたし、家に戻らないと……仕事に行けなくなっちゃいます、から……」

昨夜は仕事終わりでスイートに来ていたため、一度アパートに戻って着替える必要がある。今日は遅番だから午後からの出勤だが、まさかこの部屋から出勤するわけにはいかない。暁龍はホテルのゲストで、穂乃果はスタッフである。彼と会っている時間はプライベートとはいえ、ふたりの関係が明らかになれば仕事がしにくくなる。

「だから、もう離してくださ……あんっ」

穂乃果の声を遮るように、暁龍が指の腹で胸の頂きを転がした。たちまち勃ち上がった先端を揺さぶりながら、ささやきを落とす。

「俺をフって仕事へ行くか。一年ぶりに再会して、ようやくおまえをこの手に抱けたというのに、つれない女だ」

「そんなこと言われて、も……んっ」

二本の指に挟み込まれた乳首は張りつめ、甘い疼きが増していく。それでもなんとかして彼の腕から逃れようとすると、暁龍は穂乃果を抱きすくめて耳朶を舐めた。

「おまえの職場はここなんだ。仕事に行くなら、この部屋から行けばいい」

「そんなこと……できません」

「服はもともと用意してあるし、ほかに必要なものがあればすべて揃える。だからおまえは、俺と一緒にここにしばらく住めばいい」

「む、無理言わないでください！　わたしは、このホテルのスタッフなんです。ゲストの部屋に宿泊しただけでも、叱責《しっせき》されてもしかたないのに……」

　穂乃果とて、できることなら彼とともに過ごしたい。だが、このスイートは職場である。ここで働いている以上、恋愛感情だけで行動することはできないのだ。

　彼の腕の中で身を縮こまらせて、これ以上の悪戯を拒む。暁龍は小さく息をつくと、穂乃果の身体を解放した。

「まあいいだろう。一度家に帰るのは構わんが、朱かほかのボディーガードに送らせる」

「えっ、そんな……ひとりで帰れますから」

「そうはいくか。おまえは俺の花嫁だ。言っておくが、おまえが望もうが望むまいが、周囲はおまえを花嫁として扱う。それを覚えておけ」

「それ、って……どういう意味ですか？」

　身体ごと彼に向き合った穂乃果は、首を傾げる。すると彼は、薄い唇に笑みを刻んだ。

「この部屋から一歩出ればわかることだ。覚悟するんだな」

――まさか、知らないうちにこんなことになっていたなんて……！

出勤した穂乃果を待っていたのは、ありえない通達だった。なんと本日付で、穂乃果はフロントからスイートルーム専用のコンシェルジュに異動となったのである。

『evangelist』では、スイートルーム専用のコンシェルジュが常駐することになっている。ＶＩＰの宿泊も多くあり、様々な要望に対応するスキルが要求されるため、ベテランのスタッフが配置されることが常だった。

にもかかわらず、経験のない自分が突然配属されたものだから、さすがに驚いてフロントマネージャーに説明を求めたところ、「社長より直接命令が下った」と説明された。

「社長も最初は難色を示したが、鄒氏が強く希望したらしい。それにおまえが、鄒氏の婚約者だと聞いて特別措置を取ったそうだ」

「えっ……」

マネージャーによると、無茶な人事が通った理由のひとつとして、暁龍が穂乃果を婚約者だと宣言したことを挙げた。

鄒暁龍といえば、香港経済界の雄であり、〝鄒の皇帝〟と称される人物。莫大な資産を有し、世界でもっとも影響力のある人物にも数えられている。その婚約者となると、ある程度セキュリティの完備された状況に身を置くのは当然だという。

「それと、鄒氏と社長が昵懇《じっこん》の間柄であることも強く影響している。ホテルにとっても、彼は大事なゲストだ。後々の関係も考慮した結果だと思う」

　今回暁龍がホテルに滞在することで、彼だけではなく大勢のボディーガードらも宿泊している。しかも滞在は数カ月にわたるのだから、その間の稼働率は前年比を大きく上回るだろう。

　彼の宿泊により、ホテルが多大な恩恵を受けていることは否めない。暁龍の機嫌を損ねるよりも、恩を売っておくほうが後々のためになると判断されたのだ。

「森崎が〝あの〟鄒氏の婚約者だったことを言ってくれていれば、それなりに対応してやれたんだが……すまんな」

「こちらこそ、すみません……その、まだわたしもよくわかっていないので」

　婚約者などと、まったくもって寝耳に水の話である。けれどもマネージャーは、「鄒氏が婚約したとなれば大きなニュースだから、おいそれと他言できないのもわかる」と、理解を示してくれた。非常にありがたい上司の言葉だが、実際のところ初めて聞いた話だ。他言のしようがない。

「森崎は、もともとコンシェルジュ希望だったじゃないか。この機会をおおいに活用すればいい。まあ、結婚後も仕事を続けるのであればの話だが」

　マネージャーの何気ないひと言に、ドキリとした。

――暁龍と一緒にいたい。でもそれは、仕事と両立することはできないんだろうな。

彼の名は、香港に留まらず、世界中に知れ渡っている。そんな男のパートナーに求められるのは、陰日向となり支える存在だ。暁龍が身を置く世界を想像するのは難しいが、生半可な覚悟で傍にいられないだろうことだけは理解できる。

「……とにかく、精いっぱいスイートのコンシェルジュを務めます」

「そうだな。おまえも戸惑うこともあるだろうが、頼んだぞ」

マネージャーの言葉を真摯に受け止め、穂乃果は頭を下げた。


一階のエントランスからスイート専用のエレベーターに乗ると、最上階のエレベーターホール脇にデスクが設置されている。通常コンシェルジュはこの場に待機し、ゲストの要望を受け付ける。しかし昨日は、この場にコンシェルジュの姿は見られなかった。もしかすると、昨日から暁龍は、スイートのコンシェルジュに穂乃果を置く算段をつけていたのかもしれない。

——今日からここが職場なんだ。……まさか、こんな形でコンシェルジュになるなんて思わなかったな。

穂乃果はコンシェルジュデスクを前に、小さく息をついた。

もともとスイートを担当していたコンシェルジュは、現在は館内担当としてフロント脇にあるコンシェルジュデスクに常駐している。穂乃果が休日の場合にはスイートを担当するが、基本暁龍の担当は穂乃果ひとりだ。

婚約者という特殊な立場から、今回スイート専用コンシェルジュに抜擢《ばってき》されたわけだが、本来であれば経験のない穂乃果が席に着くことは許されないだろう。

後ろめたいような複雑な気持ちでデスクに着くと、エレベーターの到着音が聞こえた。ハッとしてそちらを見ると、数名のボディーガードに囲まれて暁龍が降りてきた。

「鄒様、お帰りなさいませ」

恭しく頭を下げた穂乃果に、デスクの前まで歩み寄った暁龍が笑う。

「他人行儀だな。なんのために、おまえをここに置くよう手をまわしたと思っている」

「どういうこと……でしょうか」

「おまえは俺のものだ。自分の女は常に目の届く場所に置いておきたい。こういう立場だから、余計にな」

暁龍は肩をすくめると、自分を取り巻くボディーガードを見遣る。

一年前、彼らを従えずに街に出たことで、暁龍は襲われた。その後、警護がいっそう厳しくなったのだろうことは、物々しい護衛たちの様子から見て取れる。

「今の俺には、ひとりで出歩ける自由はない。このホテルに滞在を決めたのも、セキュリティ面が万全だというのもあるが、おまえがいたからだ。ここにいれば、いつでもおまえの存在を感じられる」

「だからって、配置換えまで社長に頼むなんてやり過ぎです。わたしは、コンシェルジュとしての経験もないですし」

「俺に対しては、コンシェルジュとして接する必要はない。俺も婚約者として扱うからな」

「……わたしは、仕事をしに来ているんです！」

つい反論してしまって、口をつぐむ。

仕事をさせろと言いながら、ゲストに対する口調ではなくなっている。つまりそれは、彼に対して甘えているということだ。暁龍と個人的な付き合いがあるからこそ出てしまう気安さは、ホテルに勤めている人間として未熟だろう。

——たとえどんな関係であっても、それを出してはいけないのに。

公私混同はしないとマネージャーに宣言したばかりで、このあり様だ。情けなさで唇を嚙みしめた穂乃果に、暁龍の手が伸びてきた。

「悪い。おまえの仕事を軽んじているわけじゃない。俺の置かれている状況では、強引な手段を使わなければならない。それは理解してくれ」

「あ……」

彼に頬を撫でられて、反発心を覚えていたことが恥ずかしくなった。

　暁龍が講じた措置は、穂乃果の安全を考えてのことだ。彼の傍にいるということは、危険を伴う場合がある。それでも穂乃果を花嫁に望んだ暁龍は、自分にできる最大限で守ろうとしてくれているのだ。それも、まだプロポーズを受けているわけではない中途半端な状態であるにもかかわらず、である。

「……謝るのはわたしのほうです。理解が足りずに申し訳ありません」

　穂乃果は頭を下げると、昨日朱に言われたことを身をもって実感する。自身の認識の甘さを痛感して、顔を上げることができない。

「穂乃果。俺はおまえに謝罪されたいわけじゃない。俺の事情に巻き込んで、おまえに無理を強いていることもわかっている。それでもおまえを傍に置きたいのは、俺のわがままだ」

　彼の声に視線を上げると、暁龍の強い眼差しが目の前にあった。

　穂乃果は、この男のこういう部分に惹かれている。傲慢だと思うような言動なのに、嫌な気持ちにさせられない。これほどまで自分を望んでくれる男性に今まで出会ったことはなかった。

「……暁龍」

　穂乃果はあえて、彼の名を呼んだ。スタッフとしてではなく、彼を好きなひとりの女として向き合う必要を感じたからだ。

「いろいろと、中途半端ですみません……でも、ちゃんと考えます。あなたとのこと」

「ああ。今はそれでいい。それとついでに、この部屋で一緒に住むことも考えて欲しいところだ。そうすれば安全だし、おまえを口説く時間も充分に取れる」

「そ、それは……さすがに、わたしも立場があるというか」

昨夜は、再会したことで気持ちが高まりスイートに泊まってしまったが、本来従業員としてあるまじき行為である。暁龍の婚約者だと明言されたうえに、スイート専用のコンシェルジュに任命されただけでも頭を抱えていた。そのうえ彼と住むとあっては、公私の区別がつかなくなってしまう。

そう伝えたところ、彼は一応の理解を示してくれた。

「おまえの立場もわかっている。だが俺は、そのうえで言っている。……もう大事な人を失いたくないんだ」

暁龍の切れ長の目に、一瞬陰がよぎる。気になった穂乃果が問いかけようとしたとき、彼は思い出したように話題を変えた。

「そういえば五月の上旬に、休みは取れるか？」

「五月ですか？　有給もありますし、あらかじめ届けを出していれば取れないことはないですけど」

「それなら、数日でいいから休暇を取れ。連れて行きたい場所がある」

「どこに行くんですか？」

「鄒家の主催するパーティーだ。香港の本宅で開かれるから、少しまとまった休みを取っておけ。もちろんおまえは、俺のパートナーとして出席することになるが」

「えぇっ⁉」

唐突に誘われて、思わず素《す》っ頓狂《とんきょう》な声が出た。どの程度の規模かは知らないが、鄒家主催ということは、イコール彼の両親が主催するということだ。そこへ彼とともにパーティーに出るとなると、それがどういう意味を持つのか――さすがに、気づかないフリはできない。

「……それまでに、あなたとのことを考えておけってことですか？」

「やはり察しがいい。だが、難しく考える必要はない。おまえはただ俺に口説かれていればいい。俺に愛されて、俺なしではいられなくなるようにな。……それとも、すでにそうなっているか？」

「な……どうしてそんなに自信満々なんですか」

「俺に自信を与えているのは、穂乃果だ。おまえに愛されているという実感は、何よりの自信になる」

揺らぎのない言葉に、心が震える。自分とは違う世界に身を置き、身内にすら気を許せない男。そんな彼が自分に気を許し、強く求めてくれている。

穂乃果は暁龍を知れば知るほど、この孤高の男を支えたいという思いが大きくなっていた。

倒れていた彼を介抱したのは、世話好きな性格が影響してのことだが、今は違う。ただ、愛しい男を癒したい。疲れているときには抱きしめて、悲しんでいるときには傍らに寄り添いたい。

きっと彼は、他人に弱みを見せられない人だから。

「……人前ではそういう発言は控えてください。その……恥ずかしいです」

穂乃果は自分に芽生えている気持ちを自覚すると、暁龍をたしなめた。

うっかり失念していたが、ここは彼とふたりきりの空間ではない。ひと言も発さずに影に徹しているが、護衛たちが控えている。さすがに堂々と、「口説く」「愛されている」と宣言されては、彼らと顔を合わすのが恥ずかしくなってくる。

暁龍は穂乃果の羞恥を感じ取ったらしく、笑みを深めた。

「約束はできん。おまえを愛していると言って何が悪い」

「だから……もうっ」

「いちいち恥ずかしがるな、慣れろ。俺は、自分が伝えたいように気持ちを伝えるだけだ」

尊大な宣言をすると、暁龍はスイートへ向かう。

——ああ、もうっ。私がうろたえることを知っていて、ああいうことを言うんだから！

穂乃果は赤く染まった頬を両手で覆うと、早く興奮を収めようと必死だった。

＊

スイートに入った暁龍は、穂乃果の顔を思い浮かべて笑みを零した。

彼女の態度からは、自分と同じ想いを抱いていると伝わってくる。一年の間、途切れることがなかった愛しさは、再会したことで溢れて止まらなくなっていた。

——だが、穂乃果を手に入れるためには、まだ時間が必要か。

彼女が仕事に打ち込んでいたことを知っている。香港でもそうだったし、佐伯からもそう聞いていた。

穂乃果の意思に構わず、強引に花嫁にすることもできた。しかしその選択をしていないのは、やはり彼女の意思で香港へ来て欲しいからだ。

日本を離れ、暁龍とともに生きていく。彼女がそう腹をくくってくれたのなら、全力で守る。彼の決意は、口だけではない。暁龍には、そう思わずにはいられない過去があった。

——本当は、大事であればあるほど……傍に置くべきではないんだろうな。

十五年前。暁龍の母である玉怜は、身代金目当てで誘拐された。父の文彬はすぐに犯人の要求に応じて金を用意したが、金の受け渡しの際に予想外の出来事が起きた。

暁龍の叔父である俊杰《ヂユンヂイエ》が、警察官を伴って現れたのだ。

警察官の姿を見た犯人グループは逆上し、人質の玉怜を亡き者にした。叔父の行動は、間違っていない。ただ、理屈では割りきれない想いもある。それは父も同じだったようで、一度叔父を責めたという。「余計な真似をしなければ、妻は死なずに済んだのだ」と。

鄒家にとって身代金ははした金だった。玉怜が無事に戻ってくるのであれば、いくらでも金はくれてやった。そう叱責した父に対し、俊杰は「妻を守りきれなかったおまえの失態だ」と逆に責めた。女ひとり守れずに、一族の長が務まるのかと食ってかかったのである。

それは、一族の長になろうとする俊杰の野望が明らかになった瞬間だった。

「……まだ諦めていないいんだろうな」

暁龍はつぶやくと、ソファに深く背を預ける。

穂乃果が完全に自分の手中に収まってくれるのなら、守りやすい。けれども今の状態では限度があり、だから彼女を少しでも危険から遠ざけたくてスイートに住まうよう打診しているのだが、従業員としては立場上難しいことも承知している。

——穂乃果を母のような目には遭わせない。

玉怜が亡くなった際、暁龍に詳細は伝えられなかった。多感な時期に母の死の原因を知らせたくないと考えた父の意向で、玉怜に関するあらゆる情報はシャットアウトされた。同時期に屈強なボディーガードたちに周囲を守られることになったが、事情を知らなかった若かりしころの己は反発をしたものだ。

母の死の真相を明かされたのは、暁龍が二十歳になったときのことだ。父から告げられた日のことは、今でもよく覚えている。母の命日であり、自身の誕生日でもあったからだ。母を亡くして以来、誕生日などの祝いごとは避けてきた暁龍だったが、二十歳という節目もあり、一族を集めてパーティーが開かれることになった。一族が揃う大々的なパーティーで、父の再婚が発表され、その後、彼は母の死の真相を知ることになる。

それまで何も知らずに守られてきたことを恥じた暁龍は、真実を知り、父や一族をこの手で守ると心に誓った。

――警察を介入させた叔父の判断を間違いだと断じるつもりはない。ただし、そのこととあの男の野心は別の話だ。

「……本当は、大事な存在など作るべきではなかったんだがな」

暁龍が自嘲的につぶやいたとき、音もなく朱が現れた。美貌に笑みを刻むと、主の弱音に鼻を鳴らす。

「らしくないわね。だったら、今からでも遅くないわ。穂乃果を諦めればいいじゃない」

「……おまえ、気配を消して近づくな。それに、勝手にひとり言に返事をするな」

「聞こえたから答えたまでよ。珍しく迷っているから、意識が散漫になって私の気配にも気づけないのよ」

容赦なく核心をつかれれば、返す言葉がない。そもそも朱は、穂乃果に深入りするなと最初から言っていた。なぜならこの秘書は、暁龍が「花嫁を娶《めと》るつもりがない」と長いこと言い続けてきたのを知っているからだ。

鄒一族の内外から縁談が持ち込まれるたびに、すべて断ってきた。家庭を持つつもりも、大事な存在を作るつもりもなかった。弱みになり得るそれらは、一族の次期総帥である自分に不要だと考えていた。——穂乃果に会うまでは。

「己の価値観や考え方を覆す存在との出会いを、運命と呼ぶんだろうな」

「何よそれ、惚気？」

「違う。事実を再確認しただけだ」

二十歳を過ぎたときから、偉大な父の後継者となるべく、一族のために生きてきた。気を許せる存在はないに等しく、粉骨砕身と呼ぶにふさわしい働き方をしてきた暁龍にとって、穂乃果の存在は癒しであり希望だ。

交わるはずのなかったふたりの人生が、香港の裏路地で交錯した。出会うべくして出会ったのだという己の直感は、穂乃果の人となりを知ることで確信に変わっている。

「……穂乃果を例のパーティーまでに口説き落とす。それまでに、指輪を用意しておきたい。そうだな……できればブルーダイヤがいい」

　暁龍は、南アフリカの鉱山でのみ採掘される稀少なブルーダイヤモンドを用意するよう命じた。穂乃果の薬指を飾るのは、普通の宝石では物足りない。自らの愛を示すためには、相応の品が必要だと考えての命だった。

　朱は頭を垂れると、主の命令を遂行するべく携帯端末を操作した。それを横目に見遣った暁龍は、自身に課した期日を脳裏に浮かべる。

　パーティーの開催まで、約一カ月。その間に、穂乃果との距離をもっと縮める必要がある。互いに今必要なのは、離れていた一年間を埋める時間だけだ。

「……朱。三日後、時間を作れるか」

「ええ、調整は可能だけど、何をするつもり？」

「花嫁とデートだ。できれば、ふたりきりで普通のデートを楽しみたい」

　実際、暁龍だけならまだしも、穂乃果を伴っての外出は避けたほうがいい。どこに誰の目が光っているかしれないからだ。

　彼女を花嫁に望んでいることを、ゴシップ誌に知られるくらいならまだいい。だが、暁龍を後継者の座から引きずり落とそうとしている叔父に知られれば、何をしでかすかわからない。信頼できる一部の側近にしか明かしていない穂乃果の存在は、堂々と花嫁だと宣言できるまで隠しておきたい。

「いいの？　外出するよりも、ここに留まっているほうが穂乃果も安全でしょうに」

「ここは日本だ。叔父の目もそれほど気にしなくていい。それよりも今は、穂乃果に花嫁になると決意させたい」

「我が主ながら必死ね」

やや嫌味を込めて答える朱だったが、それでも否を唱えなかった。こうと決めた場合の暁龍には、逆らうだけ無駄だと理解しているのだ。

「……ある程度はわきまえてちょうだいね。あなたは、ボディーガードもつけないお忍び外出が好きだから」

「心配はいらん。穂乃果と一緒にいる以上、安全は最優先事項だ」

朱の懸念を切って捨てると、大きく息をつく。

俊杰の存在自体は、暁龍の脅威とはなり得ない。叔父が長を目指すのは、能力面から見ても荷が重い。それでも分不相応な野望を抱いているのは、まだチャンスがあると思っているからだろう。暁龍さえ排除すれば、自らが長になれるのだ、と。

穂乃果の身の安全を脅かそうとする危険因子を、ひとつでも多く取り除かねばならない。暁龍は、いずれ叔父に引導を渡すことになる日を思い、拳を握り締めた。

＊

暁龍がホテルに滞在して一週間が経過した。その間も彼は、時間が空くと穂乃果を口説いてくる。

――本当に、情熱的というか、なんというか……。

今日もスイート専用のコンシェルジュデスクに腰を落ち着けて、ゲストである暁龍の用命を待つ穂乃果だったが、彼も日本に物見遊山に来ているわけではなく、現在は仕事のため不在である。

だからつい、いろいろと考えに耽ってしまう。

このところ、穂乃果は連日暁龍から誘いを受けていた。ある日の仕事の終わりには食事に誘われ、その後部屋に誘われた。そのときは断っても、翌日にはふたたび誘ってくる。そのたびに穂乃果は困って、「食事だけなら」という返事をしている。

さすがに再会以来、彼の部屋に泊まるような真似はしていなかったが、仕事中も彼の住まうスイート近くに常駐しているため、暁龍と会わない日はなかった。

――しかも、アパートまで必ず送ってくれるし、ボディーガードまでつけてくれちゃうし。

穂乃果はこの一週間、出退勤時に護衛を伴うようになっていた。もちろん、暁龍の差配である。「スイートに住むか、護衛をつけるかどちらかを選べ」という彼の言葉により、穂乃果はしぶしぶボディーガードに守られることを選択した。暁龍が心配してくれているのは理解しているし、彼にあまり余計な負担をかけたくなかったのだ。

——本来は、わたしに構っている暇なんてない人だもんね……。

数日前。穂乃果は、スイート専用のコンシェルジュとして、ゲストの嗜好や要望の手がかりを得るべく、鄒暁龍の名を検索した。ホテル側に提示されたレジストレーション・カードには記載されていない情報を求めてのことだったのだが、予想以上に大量の情報が出てきた。

父である鄒文彬の右腕として、二十代前半から一族の関連企業の経営陣に加わっていること。彼の手腕により、鄒の基幹事業である不動産業が拡大していること。投資家としても著名で、個人資産は莫大な額であること。そんな彼とビジネスランチをするためだけに、オークションで高額な値がついたこと。

知れば知るほど生きている世界が違うと思わせる情報が羅列されていたが、その中でも穂乃果の目を引いたのは彼の過去だ。

——暁龍は、十代でお母さんを亡くしていたんだ。

検索したのは、暁龍の好みを知っておきたいという気持ちからだったが、意図せずして彼の母の死を知ることになってしまった。それ以上の情報は本人に無断で知るのは申し訳ない気がして、以降は検索していない。

――いつか、家族のことも教えてくれるのかな。

鄒家が主催するパーティーに、穂乃果を連れて行きたいと彼は言った。それまでに、心を決めろ、とも。

彼のバックグラウンドを知るほどに、自分とは不釣り合いだと尻込みしてしまう。だからといって暁龍を諦めたくはないのだが、いかんせん覚悟が足りない。

――あー、もうっ。ずっと暁龍のことを考えちゃってる。

首を振り、常に頭の中にいる彼を追い払おうとしたとき、エレベーターの到着音が聞こえた。視線を向けると、朱がにっこりと微笑み、穂乃果に歩み寄ってくる。

「穂乃果、お疲れ様」

「朱様、いらっしゃいませ」

暁龍の秘書である彼女は、スイートに自由に行き来できるよう特別なカードキーが渡されている。すぐ下の階に宿泊しているため、彼の外出に同行していないときは、こうして穂乃果の顔を見に来るのだ。

「相変わらず堅苦しいわね、穂乃果は。まあ、そこがいいところなんだろうけど」

「恐縮です。それで、今日はどうされましたか？」

「ああ、そうそう。暁龍から伝言よ。今夜、仕事が終わったら行きたい場所があるそうよ。都合はどう？」

一応予定を尋ねている体ではあるが、その実穂乃果が了承することを前提で話を進めている。もっとも穂乃果も、時間があれば彼と会いたい気持ちがあって、しばらくほかの予定は入れていないのだが。

「大丈夫です。でも、行きたい場所ってどこでしょう?」

「それは、私も聞いてないの。でも、そんなに身構えなくていいって話よ。とりあえず、穂乃果の仕事終わりに迎えに来るわね」

朱は用件のみを伝えると、エレベーターに乗り込んだ。颯爽と立ち去る彼女を見送った穂乃果は、首をひねる。

——身構えなくていい場所ってどこだろう? 暁龍とは全然感覚が違うからなあ。

感覚の違いが顕著に現れているのが、再会初日にコネクティングルームに運び込まれた贈り物の数々だろう。さすがにもらうわけにいかないと固辞したのだが、暁龍はまったく聞き入れてくれない。

結局、朱が「デートするときに使えばいいじゃない」と言ってその場は収まり、この一週間は彼女のアドバイス通りに、わざわざ高価なアクセサリーや服に着替えて暁龍と食事をしている。だが、そのままアパートに送られるものだから、現在穂乃果の部屋には分不相応な高価な品々があり少々困っているのだ。

——身構えなくていいなら、今日は着替えなくていいのかな。

常に強引な暁龍だったが、食事に行くときは、穂乃果の立場を考えてくれたのか、いずれもホテル内ではなかった。そういう気づかいがありがたいと思うし、自分も彼に何か返したいと思う。

「……よし。次の休みに、何かして欲しいことはないか本人に聞いてみよう」

穂乃果はそう決めると、残りの勤務を務め上げるのだった。


仕事が終わって制服から私服に着替えた穂乃果は、朱に呼ばれてホテルの正面玄関に足を運んだ。

このところ、仕事が終わったらまずスイートで着替えさせられてから出かけていたものだから、私服で退勤するのは久しぶりである。

今日の出で立ちは、Vネックのゆったりとしたニットに、マキシ丈のスカートだ。首もとには暁龍から預かっている龍のペンダントが揺れている。

——いつも身に着けているように言われてその通りにしているけど……返さなくていいのかな。

一度は返そうとしたが、暁龍に断られている。そのため、穂乃果が持つことになったのだが、ペンダントを意識するたびに、暁龍のことを考えてしまう。

車寄せまで赴いて辺りを見回すと、先に来ていた朱が手を上げた。

「穂乃果、お疲れ様。わざわざごめんなさいね」

「いえ、それで暁龍は……」

「もう来るころよ。ああ、ほら……あの車」

朱の視線を追うと、極めて一般的な国産車が車寄せに停車した。運転席を見れば、なぜか暁龍が収まっている。

「暁龍が、どうして運転を……？」

「穂乃果とデートがしたかったんですって。それも、〝普通の〟デートだそうよ」

「普通の……？」

朱の言葉を繰り返した穂乃果は、こちらへ向かって歩いてくる暁龍を不思議な心地で見つめた。彼はいつものように不敵な笑みを浮かべ、穂乃果に手を差し出した。

「行くぞ、穂乃果」

「は、はい……」

差し出された手に自分の手を添える。彼は助手席を開けて穂乃果を自然にエスコートした。そして自身も運転席に乗り込み、ゆるやかに車を発進させる。

「暁龍……どこへ行くんですか？」

ホテルの敷地内を出ると同時に問いかけると、暁龍はハンドルを操りながらちらりと穂乃果を見遣った。

「特に決めていない。強いて言えば、おまえの行きたい場所へ行く。俺たちは、互いについてまだ理解が足りないだろう。だから、穂乃果をもっと深く知るために、おまえのゆかりの土地に行きたい」

暁龍にデートの主旨を明かされた穂乃果は、一瞬驚いたあと、つい微笑んだ。

自分が彼のことを考えていたとき、彼もまた自分のことを思ってくれていたのだ。こうした何気ない言動は、彼と距離が近づいているのだと感じさせてくれる。

「わたし、今日……何かして欲しいことはないか、あなたに尋ねようと思っていたんです。いつも、いろいろもらってばかりだから、何か少しでもお返ししたいって……」

「律儀なところは好ましいが、あまり遠慮されても困る。おまえに何か返したいと思っているのは俺のほうだ。でも、おまえには物を贈っても負担になるようだからな」

「……すみません。なんだか、かえって気をつかわせてしまって」

「なぜ謝る？　おまえがどうすれば喜ぶのかを考えるのは存外楽しいぞ。だから、もっと教えろ。おまえの心の中を」

ふたりきりの車内で、暁龍の声はやけに大きく聞こえてくる。いや、声そのものというよりも、彼の心が直接流れ込んでくるかのような心地がした。

なんのてらいもない男の言葉は穂乃果の心をくすぐり、甘やかな感情を呼び起こす。

再会してからは、暁龍のいる世界を知って圧倒された。正直、自分とはかけ離れた生活を送っている男を前に、臆していた。

それなのに、暁龍は穂乃果と距離を縮めようと腐心している。望めば手に入らないものはない男が、である。

——こういうことを自然に言うから、困る。

「それで、おまえの行きたい場所はどこだ」

暁龍の声に意識を引き戻された穂乃果は、急いで考えを巡らせた。仕事柄、観光名所ならすぐに思い浮かぶが、彼が望んでいるのは、穂乃果自身にまつわる何がしかのエピソードがある場所である。しかし改まって問われると、なかなか思い浮かばない。

「えーっと……」

頭を悩ませていると、となりからクッと喉を鳴らす声が聞こえた。見れば、暁龍が可笑しそうに目もとをゆるめている。

「穂乃果について、ひとつわかった。おまえは、他人のためには動けるのに、自分のことを後回しにする。ホテルに勤める者としてならその精神は褒められるんだろうが、今は忘れろ。目の前にいるのは客じゃない。おまえを花嫁に望んでいるただの男だ」

彼の言葉に、穂乃果は強く揺さぶられ、胸がいっぱいになった。

この男は、いつだって自分を〝女〟として扱う。一度肌を重ねた男性に特別な女性だと率直に言動で表されて、嫌だと思う女はいないだろう。だから暁龍の前では、初めて恋を覚えた思春期のように浮足立ってしまう。

「……わたしの行きたい場所、というか……苦い思い出のある場所が一カ所あります」

「苦い思い出か。どこだ？」

ちょうど赤信号で停車したことを幸いに、暁龍がカーナビゲーションを操作する。いっさいの躊躇も見せずに穂乃果が〝苦い思い出〟と言った場所へ向かおうとする暁龍に、戸惑って尋ねる。

「行っても楽しい場所ではありませんが、いいんですか？」

「構わん。苦い思い出なら、俺と行くことでいい思い出に変えればいい。それに、おまえが何を憂いていたのかにも興味がある」

暁龍の辞書には、躊躇の二文字は存在しないようだ。一年前にほんの数日過ごしただけの相手を花嫁に望むくらいだから、それも当然なのかもしれない。

「では……ご案内します」

穂乃果は記憶の底にある場所を思い起こし、暁龍に住所を伝えた。


そこは、車をほんの数分走らせた場所にある小さな喫茶店だった。

車を近くの駐車場に停め、店内に入る。昭和レトロといえば聞こえはいいが、いまどきの瀟洒《しょうしゃ》な外観や内装とは程遠い古めかしい店である。

入り口に近いテーブル席に腰を落ち着けると、カウンター内にいる店主にコーヒーを頼む。その間、物珍しそうに店内を眺めていた暁龍は、少しして正面にいる穂乃果に視線を合わせた。

「ここは、おまえの馴染みの店なのか?」

「……そうですね。といっても、大学のころの話ですけど。でも全然変わってなくて懐かしいです。ここは安くて美味しいコーヒーを出してくれるので、よく通っていました」

商売っ気のまるでない店主も、築年数を感じさせる店内も、大学時代に通っていたときのままだった。加えて、店内に客がいないところも当時と変わらない。

「それなら、通わなくなった理由が、おまえの苦い思い出に直結しているわけか」

鋭い指摘に、言葉に詰まった。まさにこの喫茶店から足が遠のいていた理由が、彼の言う通りだったからである。

「ああ、図星か。もっと言えば、以前おまえを〝母親〟だと言った馬鹿な男との思い出の店じゃないのか」

「……お察しの通りです。ここで、フラれてしまって……それからずっと来ていませんでした。でも、よく覚えてますね、そんなこと」

「おまえと過ごした時間は、俺にとって〝ギフト〟だったんだ。どんな会話をしたか、そのときおまえがどんな反応をしていたのか、つぶさに思い出せる」

暁龍が言葉を切ると、タイミングを計っていたのか店主がコーヒーを持ってやってきた。

穂乃果は気持ちを落ち着けようと、コーヒーを味わうフリをして目を伏せた。

――ギフト、だなんて……どうしてこの人は、いつもわたしの欲しい言葉をくれるんだろう。

この喫茶店は、穂乃果が唯一付き合った男性から別れを告げられた場所である。家の用事を優先させる穂乃果に対し、『所帯じみてる。母親かよ』と言われ、別れることになった。

それ以来この喫茶店を訪れることはなかった。お気に入りの場所だったが、元彼と会ったら気まずいだろうし、別れを告げられた場所にひとりで来られるような図太さもなかったのである。

しかし、ずっと遠ざかっていた場所に暁龍を連れてこようと思ったのは、彼が一年前に穂乃果に言ったからだ。

『俺には、とても〝母親〟には見えないな。どこからどう見ても、可愛い女だ』

あのときから、暁龍は自分にとって特別だったのだと、今さらながらに気づかされる。おそらく思っていたよりもずっと、女扱いされたことが嬉しかったのだ。

暁龍は、穂乃果の言葉を待っているようだった。コーヒーの香りを楽しんでから、優雅にカップに口をつける。彼がいるだけで、古びた店内が高級ホテルのラウンジに見えてくるから不思議だ。暁龍の正体を知っているからか、それとも彼の持つ雰囲気がそう見せているのかは定かではないのだが。

「……暁龍は、どこにいても暁龍ですね」

「どういう意味だ？」

「だって、普通の人とは違うオーラがあるというか……すごい存在感です。初めて会ったときも、そう思いました」

ホテルのロビーで再会したときもそうだった。大勢のボディーガードを従えていたが、そうでなくともわかる。彼には人の上に立つ人間独特の圧がある。カリスマ性と言い換えてもいいそれは、彼の端整な容姿と相まって人目を奪うものだった。

素直な感想を告げる穂乃果に、暁龍はふと苦笑を見せる。

「普通の人と違う、か。自分の置かれている状況は、正しく認識しているが、それでもときどき息が詰まる。俺は〝普通〟の感覚を養うために、ボディーガードも連れずに街を歩いていたが……今はそれもできないからな」

「あ……」

だからこの男は、今日〝普通の〟デートを望んだのだろうか。彼の言葉の中には、自分の意思にかかわらず自由に行動できないもどかしさがある。穂乃果が普通に経験してきたことが、彼の立場では難しいことだったのかもしれない。

「……暁龍の学生時代は、どんな感じだったんですか？　その、何か印象的な出来事とか、思い出は……」

「学生時代は父の経営する会社を手伝うために学んでいた。思い出らしい思い出は特にないな。……十代のころは、普通の学生生活に憧れていたこともあったが、ないものねだりだと思い知った。皆、俺を通して鄒家を見るから、純粋な友人も持てなかった」

暁龍は自嘲的に笑うと、前髪をかき上げた。その仕草や表情に、穂乃果の胸が切なく疼く。

恵まれた環境に容姿、誰もが羨むであろうすべてを持つ男が抱えていた寂しさは、これまで彼の歩んできた道が平坦でないことを物語っている。

「くだらんことを話したな。忘れろ」

「忘れるわけないじゃありませんか！　暁龍は、わたしのことを知りたいと言ってくれましたけど、わたしだってあなたを知りたいんです。どんな些細なことでも、教えてもらえたら嬉しいと思います」

思わず前のめりで力説すると、彼が肩を揺すらせる。それはとてもリラックスしているような表情で、穂乃果の鼓動が大きく跳ねた。

たぶん暁龍は、長い間ずっと孤独だった。常に人の目にさらされる立場で生きてきたゆえに、気を許せる相手がいなかったのだろう。人々の注目をいやでも集める男が見せた素の顔が、垣間見せた孤独が、穂乃果の心を揺さぶった。この男に寄り添いたいと思わせられる。

「おまえは、鄒家のことよりも、俺を知りたいと言う。鄒家を通して俺を見ないおまえだから惹かれたんだ。俺が何者であっても惑わされない女というのは貴重だからな」

「わたしは……」

それほどたいそうな人間ではない。否定しようとして、それを止めた。買いかぶり過ぎているとは思う。だが、彼がそう思ってくれているのなら、ふさわしい自分でありたい。暁龍の想いに恥じないような女性でありたいと思ったのである。

穂乃果は胸もとにあるペンダントに手を添えると、暁龍に微笑んだ。

「話してくれてありがとうございます。少しだけ、あなたが身近に思えました」

「そうか。やはり俺たちに必要なのは、対話ということか。それならなるべく、時間を取るようにしよう。当然俺としては、対話だけで済ませるつもりもないが」

「な……どうしていつも、そういうことを」

「惚れた女を抱きたいと思うのは、男なら当たり前だろう」

悪びれずに断言されて、穂乃果の頬は赤く染まる。心臓はありえないほどの速さで拍動し、全身で彼を意識してしまっている。

このまま平穏な時間を重ねていけば、彼への想いは深まるだろう。もっと暁龍を好きになるし、彼の花嫁になる覚悟ができる。

脳裏をかすめた予感は、まだ口にすることはできないものの、穂乃果は確実に彼と心の距離が縮まったのを感じている。

――だから、もう少しだけ時間が欲しい。

穂乃果はそう考えていたのだが……その矢先、事件が起きた。


暁龍とデートをした次の日。穂乃果は彼と顔を合わせないまま、その日の勤務を終えた。彼が仕事の都合で、一日だけ香港へ帰国しているからである。

昨日、アパートまで送ってくれた暁龍から帰国の件を聞いた穂乃果は、それほど忙しいのなら、何も今日デートしなくてもよかったのではないかと彼を気づかった。しかし暁龍は、「一日でも会えないから、時間を作ったんだ」と、まるでなんでもないことのように言ってのけると、穂乃果に軽い口づけを残して帰っていってしまう。

彼の気持ちを聞いた穂乃果は、ますます惹かれる気持ちを自覚し……たった一日でも暁龍がいないと寂しく感じることを思い知った。

――わたしは、どうしたいんだろう。

更衣室で私服に着替えた穂乃果は、ペンダントを手に自問する。

恋は理屈じゃない。それはもう彼と出会って嫌というほど理解した。どう考えても身分が違うというのに、心が暁龍で占められている。

それでも、まだ花嫁になる決意ができないのは、仕事や家族、慣れ親しんだ環境を捨てる覚悟がないからだ。

彼は真心を、誠意を見せてくれているというのに、それでも決断できない。優柔不断な自分が嫌になった。

深いため息をつき、従業員用の出口を抜ける。すると、暁龍が手配した専用ボディーガードらが控えていた。

「穂乃果様、お待ちしておりました。どうぞ、こちらへ」

穂乃果の姿を見ると同時に、数名の屈強な男たちが一礼する。暁龍の命で仕事中以外は必ず行動をともにしてくれる、すっかり顔なじみのボディーガードたちだ。皆日本語が堪能であり、護衛としての腕も一流の精鋭だそうで、信頼できる人物を集めたという。

ただ、自分を守ってくれるのはありがたいが、暁龍と同じような扱いをされるのは、やはり気が引けてしまう。

「あ、あの……わたしには、そういう改まった態度はしなくていいですから」

「そういうわけにはまいりません。穂乃果様は、暁龍様の花嫁になるお方ですから」

冷静に答えたのは、穂乃果付きのボディーガードを束ねている男、于である。百九十センチはある長身と、スーツの上からでもわかる隆々とした筋肉。なおかつ、いかつい面相をしている于は、一見すると筋ものに見えるが、見た目に反して紳士的である。彼をはじめとする護衛たちは、花嫁ではない穂乃果にも礼を尽くして接していた。

対外的には、香港最大のコングロマリットの総帥を父に持ち、自身も莫大な資産を有する男の婚約者となっているため、この措置もやむなしと彼に言われてはいるのだが、ホテルの宿泊者でもある彼らに仰々しい扱いを受けると、少々気まずいのも事実だ。さすがに館内では控えてもらうよう頼んでいるが、これではどちらがゲストかわからない。

「穂乃果様。本日は、どちらへ向かえばよろしいでしょうか」

「えっと……特に用事はないので、このままアパートに帰ります」

護衛は穂乃果の通勤時に送迎をしてくれているので、暁龍がいなければ大抵寄り道せずにアパートへ戻っている。そのため、今日もホテルの地下駐車場へ向かっていたのだが……送迎用の車に着く手前で、うずくまっている人影を発見した。

「于さん、人が……！」

「穂乃果様は、ここでお待ちください。我々が様子を見てまいります」

穂乃果が近づこうとしたところ、すかさず制止される。しかし穂乃果は護衛らに首を振った。

「ホテルのゲストだったら、わたしが行くべきです。すみませんが、少し待っていてもらえますか？」

ひと言断りを入れると、すぐさまうずくまっている人物へ駆け寄った。近づくと、若い男性が胸を抱えているのが見える。

「どうかされましたか？　お加減が悪いようでしたら、医務室へご案内いたしますが」

男性の傍らに膝をつくと、仕事中そうするように声をかける。けれども次の瞬間、顔を上げた男性は穂乃果のペンダントを目にすると、弾かれたように手を伸ばしてきた。

「……っ⁉」

男は穂乃果が首から提げていたペンダントの鎖を強引に引きちぎった。その拍子に倒れ込むと、于の厳しい声が飛んでくる。

「穂乃果様……！」

「おいっ、待て……！」

于が穂乃果のもとへ駆け寄り、残りの護衛は謎の男を追っていく。複数の足音が静かな地下駐車場に響き、一気に物々しい空気に包まれた。

「お怪我はございませんか？」

「は、はい……でも、暁龍にもらったペンダントが」

「仲間が追っています。じきに捕らえるでしょう。……立てますか？」

于に支えられて立ち上がった穂乃果は、首筋に痛みを感じて顔をしかめた。無理やりペンダントを引きちぎられたことで、皮膚に傷がついたようだ。

「どうして、ペンダントを……」

「穂乃果様が暁龍様の花嫁になる方だと知って、危害を加えようとしたのかもしれません。……このままアパートへ戻るのは危険です。どうか本日は、スイートでお過ごしください。我々も、そのほうがあなたを守りやすい」

穂乃果の住居まで特定されているかは定かではないが、アパートのセキュリティは万全とは言いがたい。勤務先が知られている以上、念には念を入れたほうがいいだろうと于は言う。

彼の言い分はもっともであり、守られている穂乃果には否という選択はなかった。何よりも、遅れてやってきた恐怖で指先が震えている。

「わかりました……今日はスイートにお邪魔させてもらいます」

暁龍がなぜボディーガードを自分につけたのか。その理由を身をもって知ることになった穂乃果は、初めて暁龍のいる世界に恐怖を覚えた。

＊

同日の夜、午後九時。香港に戻っていた暁龍は、朱を経由して穂乃果が襲われたことを聞いた。オフィスで朱から報告を受け、みるみるうちに表情を険しくする。

「それで、穂乃果は無事なんだな？」

「ええ。犯人がひとりだったみたいで、すぐに捕らえたそうよ。ペンダントを奪ってすぐ逃げたから、穂乃果に危害は加えられなかったって。今日はスイートに宿泊してもらうことになったと言っていたわ」

「……そうか」

穂乃果の無事を確認したことで、わずかに緊張を解いた暁龍だったが、その表情は険しさを保ったままだ。滲み出る怒りを舌にのせ、犯人について言及する。

「俺が日本を離れたタイミングで穂乃果が襲われたとは……俊杰が絡んでいると見て間違いはないいな」

そもそも今回帰国しなければならなかったのは、俊杰に呼びつけられたせいである。

現在叔父は鄒の基幹事業の経営に名を連ねてはおらず、末端企業の役員を務めている。一年前に襲われた暁龍が、叔父の力を削ぐべく動いた結果だった。

表向きはおとなしく末端企業の役員に収まった叔父が、今回役員を辞して隠居したいと言ってきた。それも、現時点で鄒のトップである暁龍の父ではなく、次期トップに相談したいと言われては無視することはできない。

　野心家である俊杰が、そう簡単に隠居するとは思えなかった。それでも出向いたのは、叔父の本意を確かめたいと考えたためだったのだが……俊杰との面会はかなわなかった。当の本人が、体調を崩して面会できないと言い出したのである。

「ここまでコケにされると、いっそ清々しいな」

　暁龍の唇が、皮肉げに歪められる。俊杰は、暁龍が穂乃果を花嫁に望んでいることを突き止めていた。暁龍を呼びつけ、引き離したうえで彼女に危害を加えようとしたのだ。

　その行動の意味するところは、聞かずとも明らかだ。穂乃果を傷つけられたくなければ、一族の総帥の座を諦めろという揺さぶりだ。いつでも花嫁に危害を加えられるのだ、と。

「早急に、穂乃果の身柄を隠す必要がある。だが……」

「穂乃果は、まだ花嫁になる覚悟がない。それに、仕事だってある。ここで無理強いすれば、あなたたちの関係にひびが入るわ」

「……それでも、あいつが傷つけられるよりマシだ」

　彼女の気持ちが固まるまで待とうと考えて、ごく普通に距離を縮めようとした。暁龍の訪日は、表向き新規事業の視察となっているし、日本では叔父の目も届きにくい。パーティーまでに、花嫁になる決意をさせればいいと、そう思っていた。

　しかし、叔父はまだ一族の総帥の座を諦めていなかった。想像していた以上の妄執《もうしゅう》で、暁龍が後継者となることを阻止しようとしている。

「佐伯に、穂乃果に仕事をさせないよう話を通しておく」

「……それでいいの？」

「いいも何も、それが最善策だろう。今夜、穂乃果に直接話す。おまえは、于に穂乃果をスイートの外に出さないよう伝えておけ」

このような強硬手段に出るのは、暁龍とて本意ではない。自分が花嫁に望んだことで、穂乃果に様々な無理を強いている自覚もある。それでも彼女を諦めないのは、暁龍のエゴに過ぎない。

「以前おまえは、あいつを諦めればいいと言ったな。でも、もう遅い。穂乃果を知れば知るほど、自分に必要な女だと思い知らされる」

「なぜそれほどまでに、穂乃果を欲しているの？　彼女じゃないといけない理由は何？」

主の執着に、朱が眉をひそめる。物でも人でも立場でも、何かに執着すれば視野が狭まる。一族の総帥に並々ならぬ執着を見せている叔父を見て来た暁龍が、その危うさに気づいていないはずがない。

朱の懸念に対し、暁龍は口の端を引き上げた。

「愚問だな。ひとりの女を求めるのに理屈が必要か？」

他人をなんの利もなく助けようとする心根が、穂乃果と過ごすおだやかな時間が好きなだけだ。彼女に、自分の傍にいて欲しいと思う。どれだけ障害があろうとも、すべてを取り除き、望みを果たしてみせる。その覚悟が暁龍にはある。

「そうね、愚問だったわ。私は私の仕事をするから、あなたは穂乃果とよく話し合ってちょうだいね。彼女を悲しませないで」

朱はそう言い置くと、オフィスから立ち去った。暁龍はすぐに携帯を取り出し穂乃果に電話をかける。彼女の無事な声を直接聞きたかったのと、身の安全を確保するために行動を制限することを伝えるためだ。

『暁龍……？』

数コールでつながった電話からは、どこか頼りない声が聞こえてきた。それだけ今日の事件が彼女に影を落としていると思うと、暁龍の胸が鈍く痛む。

「おまえが襲われたと報告を受けた。怪我はないんだな？」

『ええ、それは大丈夫です』

暁龍の声を聞いた穂乃果は、明らかにホッとしていた。目の前にいれば抱きしめて安心させてやれたのだと思うと、ひどくもどかしい。

「傍にいてやれなくて悪かった。それに、危険な目に遭わせたのは俺のせいだ」

『暁龍のせいじゃありません。幸い怪我もありませんし、護衛の方たちがいてくれました。それと、無事にペンダントも取り返してもらえました』

「ペンダントよりも、おまえの安全のほうが重要だ。……本当に、無事でよかった」

『すみません、暁龍は忙しいのに心配をかけてしまって……』

穂乃果は自分が襲われたというのに、こんなときまで人の心配をしていた。聞けば、襲われたときも、犯人を具合の悪くなったホテルのゲストだと思って近づいたという。

彼女のお節介で一年前の暁龍が助けられたのは事実だったが、今回は彼女のやさしさが完全に裏目に出てしまった。

「……おまえを襲ったのは十中八九叔父の手の者だ。俺の動向を探って、おまえの存在に行きついたんだろう。……これで、もう猶予《ゆうよ》はなくなった」

『えっ……？』

「俺の花嫁になる覚悟をしろ。決意ができるまで、おまえはスイートから出さない」

電話の向こうで、穂乃果が息を呑む気配がした。暁龍は、自身がひどく卑怯な迫り方をしていると心得ている。

こんなふうに追い込むことは避けたかった。彼女が自分への想いと、家族や仕事との間で悩んでいることを知っている。それなのに、選択をさせずに囲い込もうとする己の卑劣さは罪深い。

『スイートから出さないって……仕事だってあるのに、そんな』

「佐伯には伝えておくから問題ない。いいか、穂乃果。俺はおまえを逃がすつもりはない」

晩龍は傲慢に言い放つと、通話を終了させた。

今回の強引な措置を、彼女は軽蔑するかもしれない。だが、身の安全を確保するためにはこうするしかない。

──穂乃果から仕事を奪い、自由を奪い……あいつの心が離れても文句は言えないな。それでも、彼女を手放せない。この程度で諦める程度の気持ちなら、とうにほかの女に気持ちが傾いていただろう。

暁龍は眉根を寄せると、窓の外に目を遣った。香港経済の中心地、中環に建つ超高層ビルの一角が暁龍のオフィスであり、最上階からの眺望も気に入っている。けれども今は、見事な夜景を目にしてもむなしく思える。喜びや感動を共有したい相手が、となりにいないからだ。

離れていても、頭の中には彼女の姿が思い浮かぶ。再会してからは、余計に愛しさが加速していた。

「……誰にも邪魔はさせない」

己の拳を握り締めると、暁龍は眼下に広がる夜景をにらみつけた。

4章　好き、というだけでは足りない

穂乃果が襲われた翌日。暁龍の宣言により、スイートルームでの軟禁生活が始まった。

部屋の外には常にボディーガードが控えており、穂乃果が一歩でも外に出ようとするとすぐに止められた。仕事に行かなければいけないと訴えても、「暁龍様の命令なので」と言って取り合ってもらえない。彼らの主は暁龍であり、穂乃果を護衛するのが仕事なのだから、それもしかたのない話だ。

そして、穂乃果の行動制限だけではなく、スイートに入る人間も制限されていた。

長期滞在のゲストの部屋には通常清掃が入るのだが、清掃スタッフですら入室が禁止となった。もちろん、スタッフの中に穂乃果を害する人間がいるはずがないのだが、暁龍は社長の佐伯にも話を通していたようで、普段からは考えられない措置が取られたようだ。

——強引な人だったけど、ここまで強硬な手段に出ることはなかったのに。

「それだけ、事態が逼迫してるってことなのかな……」

軟禁生活二日目となった穂乃果は、部屋を見渡してため息を吐いた。

ちなみに穂乃果が寝泊まりしているのは、スイートと扉続きになっているコネクティングルームである。スイートを使用するよう言われたが、さすがに主不在の部屋で我が物顔で過ごせるほど厚顔ではなかった。

それにこの部屋には、暁龍がプレゼントしてくれた数々の品が収納されている。おかげで穂乃果が着替えなどに困ることはないし、ベッドやバスルームもある。ただ部屋で過ごすだけであれば充分過ぎるほどの設備を備えていた。

——食事も于さんが運んでくれるし……本当に何もすることがないな。

ひとりでジッとしているだけでは手持ち無沙汰なので、部屋に清掃が入らないなら自分にやらせてくれと頼み込んだ。最初は難色を示されたが、熱心に頼み込む穂乃果に根負けしたのだろう。リネンやバキュームなどの必要な道具を、于が持ってきてくれた。

おかげでスイートやコネクティングルームの清掃はやらせてもらえることになった。しかし、それでも時間は有り余る。

「……まだ二時なんだ」

いくらスイートが広いとはいえ、清掃は午前中に済んでいる。運ばれてきたランチを食べてしまえば、あとは夜まですることがない。

暁龍とは、電話で話して以降連絡が取れなかった。于とは必要事項を話してはいるようだが、穂乃果に直接電話がかかってこないのだ。

当初の予定では、彼は今日戻ってくるはずだったがその様子はない。仕事が長引いているのか、それとも今回の件によるものかは知らされていないが、寂しく思う一方で、どこか安堵する気持ちも否めない。なぜなら、彼に連絡すると『花嫁になる覚悟をしろ』と言われるだろうからだ。だが、穂乃果にはその決断はまだできない。だから無為な時間をひとり部屋で過ごすことになる。

——花嫁になるのが嫌なわけじゃない。でも……。

彼と再会して、もう何度こうして考えたことだろう。幾度となく自問してみたが、花嫁になるとも、ならないとも言えずにいる。暁龍と過ごす時間が増えたことでいっそう惹かれていき、彼と離れるという選択をできないためだ。

この部屋に閉じ込められたのは、暁龍のやさしさだと気づいている。穂乃果に危険が及ばないよう注意を払い、ボディーガードをつけていたくらいだ。実際に危険な目に遭えば、警戒するのも当然だろう。

それに今回の件は、暁龍の叔父が絡んでいると言っていた。なぜ彼の叔父が自分を……というよりは、ペンダントを狙ったのか、その目的はわからない。相手が次にどう出てくるのか予想がつかないのだから、穂乃果にできることといえばここに留まることだけだ。

「穂乃果様、失礼いたします。于です」

軽いノックとともに、扉の外から声をかけられた。穂乃果が扉を開くと、于が一礼する。

「ご報告があります。お時間をいただいてよろしいですか？」

「はい、それは構いませんが……何かあったんですか？」

于を招き入れた穂乃果は、心配になって尋ねた。于が穂乃果に報告することがあるとすれば、それは暁龍のことだけだ。

しかし于は、穂乃果の懸念を感じ取ったのか、ゆるく首を振ってみせた。

「穂乃果様に接触し、ペンダントを奪おうとした犯人のことです。捕縛して調べたところ、暁龍様の予想通りの結果が出ました」

「彼の叔父様の差し金……ですね」

穂乃果の言葉に、于がうなずいた。

「ペンダントを奪おうとした理由はわかりません。ですが、そのペンダントは、暁龍様がとても大事にされていたものです。ですから、穂乃果様に接触することが困難だと知って、その代わりに奪おうと考えたのかもしれませんが……引き続き調査中です」

「そう……ですか」

報告を受けた穂乃果は、しばし考えを巡らせる。

今回の事件の首謀者は、暁龍の叔父だった。つまりは、穂乃果が彼の特別な存在だと知っていたことになるが、それはごく最近のことだろう。彼との再会前は、まったく危険がなかったことからそれが窺える。

穂乃果を花嫁に望んでいることまでは知らずとも、彼が大事にしていたペンダントを与えるくらいには気に入っている女だと相手が認識したとなれば、ますます穂乃果の身は危うくなる。だからこそ暁龍は、スイートに穂乃果を囲い込んだのだ。

そこまで考えた穂乃果は、そこである可能性を思いつき、頰を硬くした。

「あの、暁龍の叔父様が、その……ほかの人に危害を加える可能性、は……」

「今回の事件を受けて、穂乃果様のご家族には内密でボディーガードをつけています」

「えっ……」

「暁龍様のご命令です。穂乃果様だけではなく、あなたの大事にしている方々も守るようにと。ですが、さすがにご家族まで狙うとは考えにくいですから、ご心配には及びません」

鄒家の総帥でもない叔父が、他国で自由に動かせる駒はそう多くない。今回穂乃果が狙われたのは、暁龍の不在時を突いた揺さぶりだったのではないかと于は語った。

「あなたに手を出すことで、暁龍様に警告しているのでしょう。後継者から降りなければ、穂乃果様に危害を加えることも厭わないと」

「それなら……わたしがいることで、暁龍の足かせになっているんじゃ……」

まさか、家族までも守ってくれているとは思わなかった。彼はそんなことにはいっさい触れずに、ただ「花嫁になる覚悟をしろ」と命じただけだ。

暁龍は、穂乃果をたいそう人がいいようなことを言うが、彼の義理堅さこそ稀有ではないか。〝鄒の皇帝〟のふたつ名を持ち、世界に名だたる企業家や富豪と肩を並べて称され、大勢の人間を従える人物が、たった一度助けられたことを忘れずにいた。たった一度抱いた女を忘れずに、プロポーズに現れたのだから。

「僭越ながら申し上げますが」

思考に耽っていた穂乃果は、于の声に意識を戻した。于は珍しく少し迷う素振りを見せながらも、ゆっくりと言葉をつなげる。

「暁龍様のご負担は、穂乃果様が考えるべきことではないかと存じます。おそらく、あの方ならそう仰います」

「……たしかに、暁龍ならそう言いそうですね」

穂乃果の口もとが、やわらかに綻ぶ。これまで戸惑いばかりが大きかったが、単純に考えればなんのことはない。彼は穂乃果を、そして穂乃果の家族を大事にしてくれる。そして自分もまた、そういう男だから心を惹かれたのだ。

「暁龍は、いつごろここに戻ってきますか？」

「今朝の連絡では、二、三日中にはお戻りになるとのことです」

于の話では、暁龍は叔父の動きを封じるための対策を講じているという。その根回しで少々手間取っているが、終わればこちらへ戻ってくるとのことだった。

話を聞いた穂乃果は、ある決意を胸に刻む。

――暁龍が戻ってきたときに、答えを出そう。

中途半端な状態は、ぬるま湯に浸かっているようで居心地がいい。だが、暁龍のことも仕事についても、このままでいていいはずがない。

自分自身に言い聞かせると、穂乃果はポケットの中に手を入れ、鎖の切れたペンダントを握り締めるのだった。


暁龍が戻ってくると于から伝えられたのは、翌朝のことだった。

叔父の件がどうなったのか気がかりだったものの、詳細は聞かずにいた。それよりも、今後の自分の人生を決める覚悟に気を取られていたのだ。

夕方ごろに彼が到着すると聞いた穂乃果は、しばらくそわそわと落ち着かない気分を味わっていた。

今日彼に、自分の想いを告げる。そう思うと、鼓動が速まる。どう切り出せばいいのかを脳内でシミュレーションをしていると、あまりのうろたえように可笑しくなってきた。

——今からこんなふうで、実際に会ったらどうなるんだろう。

暁龍と再会するまでは、一年間会っていなかった。それが今では、ほんの数日会えない時間を寂しく感じ、顔を見たら心を弾ませるだろうことを予想している。いつの間にか彼は、穂乃果の心の奥に根を張って、居ついてしまっていた。

常に思考の中心にいる男の顔を思い浮かべていると、扉の外から于の声が聞こえてきた。

「穂乃果様、お迎えに上がりました。朱様が、車寄せでお待ちです」

「朱さんが？」

てっきり暁龍がスイートに戻ってくるとばかり思っていただけに、穂乃果が首を傾げる。すると于が疑念を払うように説明を加えた。

「暁龍様は、ある場所で穂乃果様をお待ちになっているそうです。待ち合わせ場所までは、朱様がご案内するとのことです」

「そうですか……わかりました」

今か今かと暁龍の到着を待ちわびていた分拍子抜けだったが、考えてみれば数日ぶりの外出である。もしかして彼も、スイートに軟禁状態だった穂乃果のことを気づかっているのかもしれない。

穂乃果は暁龍の心中を想像すると、その不器用なやさしさを感じて心があたたかくなった。

スイート専用のエレベーターを降りると、于は人目につかないルートで車寄せまで先導してくれた。

一度狙われたことで、ロビーなどの人出の多い場所を避けたのもあるだろうが、スタッフに会わないようにとの配慮もあるのだろう。事情があるとはいえ、仕事を休んでスイートにこもっていたものだから、スタッフらに申し訳ない気持ちがある。そして会えば事情の説明を求められることは必至だが、事が事だけに説明することも憚《はばか》られる。

穂乃果の複雑な立場を于らが汲んでくれるのは、ありがたいことだった。

「于さん、ありがとうございます。遠回りなのに、わざわざスタッフのいない場所を選んで歩いてくださってますよね?」

「お礼を言われることではありません。むしろ、我々が護衛しやすいようにスイートに留まってくださって感謝しています。一年前、私たちは暁龍様をお守りできずに……ずっと後悔していたので」

穂乃果が暁龍と出会うきっかけとなった事件当時、彼の護衛をしていたのは于たちだったそうだ。常に暁龍の傍らで彼を守っていたボディーガードたちだが、主の傍から離れることがあった。主がごく稀に、息抜きにひとりで街に赴いていたためである。

主の意を汲んだ護衛たちは、わずかな時間彼をひとりにさせていた。事件が起きたのはその間のことで、護衛らは暁龍を危険にさらした責任を取り、その任を自ら降りようとしていたという。

「しかし暁龍様は、我々の任を解くことはありませんでした。危険を冒したのは自己責任であり、事件のおかげで運命の女性と出会えたのだと仰ったのです」

護衛たちは家族も皆、鄒家に仕えている者であり、鄒家に睨まれれば香港の地では生きていけなかった。鄒一族の後継者である暁龍を守れなかったとあれば、ボディーガードの職を失うだけに留まらない。そう語る于の目は、もう二度と主を危険にさらさないという覚悟を宿していた。

「ですから我々は、あの方はもちろん、花嫁となられる穂乃果様も命に代えてお守りいたします。それが、恩を受けた我々の使命です」

暁龍を助けたことは、彼だけではなく、彼に忠誠を誓う護衛たちも間接的に救っていた。だから暁龍は、一年前に言っていたのだ。「おまえが救ったのは、俺だけじゃない。俺の大事にしている者も救ったんだ」と。

話しているうちに、いつの間にか裏口に着いていた。護衛たちは、ホテルのスタッフである穂乃果よりもホテル内を熟知しているようである。さすがはボディーガードだと感心していると、車寄せで待ち構えている朱が見えた。

た。

「朱様、穂乃果様をお連れしました」

「ご苦労様。あなたたちは、後ろからついて来てちょうだい。……穂乃果、お疲れ様」

朱は護衛たちに指示を出すと、黒塗りのハイヤーの後部座席を開いて穂乃果を中に促し
た。

「ありがとうございます。あの、暁龍は……」

「出先から直接向かうって連絡があったの。さあ、乗って」

促されるまま乗り込むと、となりに朱が収まって車は走り出した。

ちらりと背後を見遣ると、同じく黒塗りのハイヤーが列をなしてついてくる。もちろん、
護衛たちが乗っているのだ。傍から見れば、さぞ仰々しい移動だろう。

「そろそろ暁龍の花嫁になる決心はついた？」

朱の声で視線を戻した穂乃果は、小さく首を縦に動かした。

一年前暁龍を助けたのは事実だが、これまでの彼の言動と比べるとささやかな行動だ。

それなのに、想像をはるかに上回る厚遇と、好意を受け取っている。それだけでも尻込み
するというのに、彼の花嫁になるなんて、身の程知らずだと怖気づいてしまう。

ただ、彼と再会してから過ごした時間で、芽生えた思いもある。

「……わたしが暁龍に、何ができるのかわかりません。でも、あの人の傍にいたいとは思
うんです。暁龍は、支えなんか必要ないくらい強い人なんでしょうけど……でも、疲れた

ときに寄りかかって欲しいと思います」

「……そう。やっぱりあなた、珍しいわ。暁龍は、頼られる立場で、一族を導く存在よ。その彼に何かを望むより、まず支えたいと思うんだから」

「おかしい……ですか？」

「いいと思うわ。あなたのそういうところも彼が花嫁に望む理由かもしれないわね。……この前私は、暁龍の花嫁になるのは厳しいかもしれないと言ったけど撤回するわ。穂乃果は、守られるだけの女性じゃなく、彼を守れる女性なのね」

朱はそう評すると、窓の外に目を向けた。ずいぶん買いかぶられた気がしないでもないが、穂乃果よりも彼を理解している朱からの褒め言葉は、暁龍の傍にいてもいいと認められた気持ちになる。

「さあ、目的地に到着よ」

声と同時に外を見ると、いつの間にか浅草《あさくさ》まで移動していた。隅田川《すみだがわ》を横目に車を停めさせた朱は、運転手に待機するよう指示して車を降りる。彼女に続いて歩みを進めていたとき、朱がおもむろに前方を指さした。

「もう来ているわね。ああ、向こうも気づいたみたい」

前方を見遣ると、ボディーガードらに囲まれた暁龍がいた。彼は穂乃果の姿を目に留め、ゆっくりと歩み寄ってくる。

「穂乃果。直接迎えに行けずに悪かったな。それに、おまえを閉じ込めるような真似をしたことも」

「いえ、そんな……暁龍が、わたしのためを思って言ってくれたんだとわかっています。それよりも、どうしてこんな場所に？」

「おまえと花見をしたいと思ってな」

「お花見……？」

たしかに桜は満開で見ごろだが、それだけに花見のスポットは大勢の人々で賑わっている。ボディーガードたちを引き連れて行くとなると目立つことこの上ないし、場所も確保していないからロクに桜は見られない。

そう伝えたところ、暁龍は口角を上げた。

「心配ない。俺たちは、水上で花見をするからな。——来い」

暁龍に手を取られて進んだ先には乗船場があり、大きな屋形船が係留されている。けれども周囲には乗船客はおらず、背後に朱とボディーガードらが控えているのみだ。

「今夜は、屋形船をすべて貸し切りにした。ふたりきりで、ゆっくり桜を観賞できる」

「こんな大きな船を貸し切りにしたんですか？」

目の前にあるのは、少なく見積もっても三十人は乗船するような宴会用の屋形船である。

驚いていると、朱が背後から補足する。

「この船はあなたたち専用だけど、私たちも別の船を貸し切っているの。暁龍と穂乃果を守らなければいけないからね。だからこの時間の隅田川を走る屋形船は、すべて暁龍が貸し切っているのよ」

万にひとつでも間違いが起こらないように、暁龍が屋形船から降りるまでの約二時間半は、一般の乗客がいる船は走らせないのだという。これでは船どころか、隅田川が丸々貸し切られたようなものである。

ほかの人間であれば大げさだと思いそうだが、彼の立場を考えると納得だ。念には念を入れるほどでなければ、ふたたび傷を負うような事態に陥るかもしれない。――まだその可能性が、あるということなのだろう。

「大丈夫、なんですか？」

「問題ない。朱は大仰に言っているが、貸し切りにしたのは、ただ単におまえとの時間を邪魔されたくなかっただけだ。それにこいつらも、俺に張りついてばかりだと息が詰まる。花見でもして息抜きをさせたいと思ってな」

暁龍は穂乃果の手を取ると、説明を加えて屋形船に乗り込んだ。デッキから階段を降りていくと、船内はふたりでは持て余しそうな畳敷きの空間が広がっている。中心にはふたり用のテーブルが据えられており、酒や料理が所狭しと並べられていた。

「おまえは、屋形船に乗ったことはあるか？」

「いえ、初めてです」

「そうか、俺もだ。この時期に桜を観るとなると、船からのほうが風情があると佐伯に聞いてな。おまえと一緒に来ようと思った」

船が滑るように進み始めると、暁龍は座布団に腰を下ろした。胡坐をかいて穂乃果にも座るよう勧めた彼は、グラスにビールを注いだ。

「ほら、飲め」

「あっ、それじゃあわたしもお注ぎします」

「気づかい無用だ。ホテルを出たら、おまえは俺の婚約者だろう。たまには何も気にせず楽しめばいい」

暁龍は鷹揚に笑うと、穂乃果にグラスを差し出した。穂乃果が受け取ると、自身のグラスにもビールを注ぎ、軽く掲げる。

「周遊は二時間程度だったな。その間、くつろいで景色と料理を楽しめ。おまえも、スイートから出られずに息が詰まっただろう」

暁龍はやはり、穂乃果をスイートに閉じ込めたことを気に病んでいるようだった。軟禁したのは穂乃果の安全のためなのに、そうと言わない。すべてを背負い込む彼のありようは不器用で、だからこそ支えたいと思うのだ。

「……それでは、いただきます」

ビールを口に含み、ほうっと息をつく。これまでの緊張感が、アルコールによって和らぐのを感じる。視線を窓の外に移すと、ライトアップされた桜が両岸に臨め、美しく水面に映えている。

「綺麗ですね。こんなふうにお花見ができるなんて思いませんでした。お花見自体、すごく久しぶりです」

「この時期は、皆花見見物を決め込むものではないのか」

「わたしは、シフトが不規則なので……友達とも予定があまり合わなくて。最近は、電車から桜を観る程度でした」

「それなら、連れてきた甲斐がある。……おまえのことを知りたいと言いながら、喫茶店に行って以降ふたりきりの時間を持てなかったからな」

――ああ、やっぱりわたし……この人が好きだ。

自然と湧き上がる感情に、穂乃果の胸が小さく弾む。

なんの駆け引きもない直球の言葉は、心を揺さぶるには充分だった。

――この先も、暁龍と一緒にいたい。この不器用でまっすぐな人の傍に……。

仕事を辞めて、彼とともに生きていく。それは今の暁龍の生活ぶりから、穂乃果が思い描くような普通の結婚生活ではないかもしれない。

未知の世界に対する恐れがあることは否めないが、それでもこれほど強く求めてくれる男にはもう出会えないと思える。そして、自分が強く求める男も、暁龍以外はいない。

「穂乃果、外を見てみろ。ちょうど停泊地点に着いたようだ」

暁龍の声で外へ目を向けると、いつの間にかスカイツリーを臨む場所で船が泊まっていた。塔体が桜色にライティングされ、夜空に桜の花びらが舞っているかのような光景が映し出されている。

「せっかくだ。甲板に出てみるか？」

「そうですね……」

暁龍とともに甲板に出ると、船内の景観とは別の迫力ある景色が目に飛び込んできた。少し離れた場所に停泊する屋形船は、朱らが乗っている船だろう。船の灯りもまた、夜景の一部となって美しい光景となっている。

「……東京で勤めていても、こんなふうに景色を楽しむことってありませんでした。すごく綺麗で……感動です」

風に遊ぶ髪先を手で押さえながら、目の前の光景を眺める。となりに立った暁龍は、手すりに半身をもたれさせ、穂乃果を見つめた。

「香港の夜景は見なかったのか？　尖沙咀《チムサーチョイ》プロムナードやヴィクトリアピークなどは、観光の定番だろう」

「香港へは、仕事で行っていましたから……あまり観光らしいことはしませんでした」

「それなら、今度香港におまえを連れ帰った暁には、百万ドルの夜景を見せてやる」

暁龍は穂乃果の肩を抱き寄せると、顔を近づけてきた。キスの予感がした穂乃果は、彼の胸をそっと押し返す。

「……こんな外で、誰かに見られるかもしれないのに」

「ほかの船とは離れているし、辺りは暗いだろう。余計なことを考えるな。それに、見られて減るものでもないしな」

「な……ん、ぅっ」

穂乃果の反論は、唇で封じ込められてしまった。彼のキスは合わせるだけの軽いものではなく、いつも濃厚に穂乃果を搦め捕る。強引に唇の合わせ目から舌を割り込ませ、歯列から口腔をねっとりと舐られた。

彼の唇も舌の動きも、たちまち穂乃果を虜にさせる。抗うことをやめて素直にキスに没頭すると、暁龍はよりキスを深めるように穂乃果の後頭部を押さえた。

「んんっ……ぅ、ふ……っ」

濡れた声が漏れ、羞恥で頬が染まる。それでも拒めないのは、こうして強引に奪われることを心のどこかで喜んでいるからだ。仕事を離れればただの男と女で、触れ合えば互いに強く求めていることがわかる。

「暁龍……」

昏が離れて彼を見上げると、不敵に微笑まれる。自分の魅力を知っている男は、表情ひとつで穂乃果の目を奪うことを知っている。

「ここが船上じゃなければ、押し倒していたな。もっとも、ここでしても俺は構わないが」

「す、するはずないじゃありませんか！」

「ああ。周遊時間では済みそうにない。どうせなら、ゆっくりできる場所でおまえを抱きたい。数日ぶりに会えたんだからな」

「……スイートに戻るんですか？」

停泊していた船が動き出し、スカイツリーがゆっくりと遠ざかる。景色を横目に彼に問えば、目の前の男は笑みを深めた。

「スイートが嫌なら、別の部屋を取ってもいいが」

「……嫌というか、やっぱりほかのスタッフの手前気まずいです。暁龍だって、知っているでしょう？」

「おまえがそう思っていることは、な。それとも、おまえの部屋に招いてくれるか？」

「わたしの……？」

思いがけない提案に、穂乃果は目を見開いた。住んでいるアパートは、現在暁龍が滞在しているスイートと比べるまでもなく、ごく普通の部屋だ。ひとり暮らしとしては、一般的な広さだが、一流ホテルとして名高い『evangelist』の誇るスイートを宿としている男を招くような部屋ではない。何よりも、セキュリティ面で格段に劣る。

「……わたしの部屋は、狭いです。それに、誰かを泊めることはないので、お布団もありませんし」

「部屋の広さは問題じゃない。香港では、アパートの一室で過ごした仲だろう」

「あれは緊急事態だったからです。あなたを連れて行ける場所が、アパートしかなかったからで……」

「あのときと同じだ。部屋にはベッドがひとつあればいい。どうせ一緒に寝るんだからな。それに俺はただ、おまえの住んでいる部屋が見たいだけだ。それほど構えることはない」

意味深に微笑まれ、穂乃果の鼓動はにわかに速まっていた。


穂乃果の部屋は、山手線《やまのてせん》沿線のとある駅の付近にある。勤務先のホテルに近いという立地条件と家賃のみで選んだだけの、なんの変哲もないアパートだ。

「……どうぞ」

鍵を開けて暁龍を招き入れる。狭い玄関を入ってすぐ左手にバスルーム、右手には四畳半の部屋があり、正面にはリビングとキッチンがある。リビングは六畳ほどしかなく、彼がいるスイートとは比べるのもおこがましい簡素な部屋だった。

上着を脱いだ暁龍は興味深そうに辺りを見回すと、リビングにあるカウチに腰を下ろした。とりあえず彼に茶を出した穂乃果は、小さなテーブルを挟んで彼の正面に座った。どこか気恥ずかしい気分で茶を飲んでいると、暁龍が感心したように言う。

「ここが、おまえの住んでいる部屋か。香港のアパートと変わらないな」

「ひとりで住むには、ちょうどいいんです。でも、暁龍がいると変な感じがします」

暁龍は、自身が身に着けているスーツもさることながら、とにかく立ち居振る舞いが一般人のそれとは違う。ただそこにいるだけで、奇妙な圧力を覚える。思わず背筋を正してしまいそうになるのは、彼が鄒一族の後継者だからだろう。自然と、他者をひれ伏させる存在感がある。

「でも、本当によかったんですか？　ここは、特別なセキュリティだってないのに」

「俺の身を案じているなら、心配はいらん。どうせ近くに護衛が控えている。それに、ここに俺がいることを知っているのは朱たちだけだ」

「……ボディーガードの方たちに申し訳ない気がしますね。お仕事を増やしてしまって」

「それが、あいつらの仕事だ。これでも、人数は厳選している。香港に戻れば、もっと大勢の護衛がいるぞ」

言いながら、ふと暁龍の目がリビングの棚にある写真立てに向いた。そこには、穂乃果が家族と写した写真が飾られている。

「おまえの家族か」

「ええ……両親と、弟妹です。わたしの就職が決まって家を出るときに撮ったんです」

「そうか。皆が笑顔で……いい写真だな。俺には、こういう家族との思い出はほとんどない」

わずかに目を伏せた暁龍は、淡々と自身の家族について語った。

父である文彬は、彼が幼いころより仕事一辺倒だったこと。そんな父を母は健気に支えていたし、自身もまた両親を尊敬していたこと、そして……彼が十代のとき、母が亡くなってしまったこと。

「……表向き、母は病死とされた。だが、本当は身代金目当ての誘拐に遭い……命を落とした。皮肉なことに、俺は母の死で、初めて父の後継者としての自覚を持った。同時に、妻は持たないと誓ったんだ。たいせつな存在は弱みになると知ったからな」

彼の漆黒の瞳が、哀しみの色を湛えて揺れている。穂乃果は思わず暁龍のとなりに行くと、彼の手に自分の手を添えた。

語られた暁龍の過去は、想像以上に苛酷《かこく》だった。世界に名を馳せる一族の御曹司として、順風満帆な人生を送っていたわけではない。彼と相対するときに感じる存在感は、そのまま歩んできた道のりの険しさゆえだろう。

そして今、こうしている間にも、暁龍は身内につけ狙われている。

なんと言っていいのか、言葉が見つからない。ただ、穂乃果は暁龍に寄り添いたいと思った。何もできないけれど、ぬくもりを感じてもらいたいと思ったのである。

「……妻を持たないと誓ったはずが、おまえと出会って考えが変わった。たいせつな存在は弱みではなく、自分の糧になるのだと。この一年、俺を支えたのは間違いなくおまえだ、穂乃果」

「暁龍……わたしは、そんな」

「いくらおまえでも、自分自身を卑下することは許さない。それは、俺自身を否定しているのと同じことだ」

低くよく通る声で、暁龍は穂乃果の反論を封じた。それを悟った穂乃果は、視線を下げて謝罪する。自己評価を低く見積もるのは、好きだと言ってくれる相手に対する侮辱だ。そこまでの価値が自分にあるとは思えなくて」

「……すみません。どうしても、そこまでの価値が自分にあるとは思えなくて」

「おまえが価値に気づけないなら、俺が教えてやる。家族思いなところも、傷ついた赤の他人を放っておけない人のよさも、おまえの誇るべき美徳だ。それに、鄒の後継者としてじゃなく、一個人として俺を見てくれる貴重な存在でもあるな」

暁龍は穂乃果の手を包み込むと、そのまま首を傾けた。顔を近づけ、ゆっくりと目を伏せる。

「おまえを危険にさらしはしない。おまえが大事にする家族に誓う」

「暁龍……」

「おまえの家族にも会いたい。どのような環境で育つと、おまえみたいな女になるのか興味がある」

「なんですか、それ……わたしの家族は、特別変わっているところはありませんよ？」

「鈍いぞ、穂乃果。俺は、おまえの家族に挨拶しておく必要があると言っている。花嫁に望んでいる家族に会いたいと思うのは当たり前だろう」

そこまで言われ、穂乃果はようやく意味を悟った。一瞬あと、またたく間に頰に熱が集まってくる。

彼は、恋人として――もしくは、婚約者として、穂乃果の家族に会いたいと言っているのだ。それだけ本気なのだと、花嫁に迎えたいのだと、隠そうともせず伝えられて、喜びと照れくささとで、顔が真っ赤になってしまう。

「もう……このままだと心臓がいくつあっても足りないです」

「俺の言動で動揺するのは、まったく問題ないだろう。それだけ強く意識しているということだ。俺は、おまえを丸ごと受け止める覚悟がある。……だから今夜、聞かせてくれ。おまえの答えを」

暁龍の真摯《しんし》な眼差しに射貫かれた穂乃果は、自分の気持ちを確かめるように目を伏せる。

いつだったか、恋とは〝する〟ものではなく〝堕ちる〟ものなのだと聞いたことがある。雑誌で呼んだ記事だったのか、恋愛ドラマなどのセリフだったのか、それとも友人の話だったのか、その記憶は定かではない。

ただ、穂乃果は初めてその言葉を実感として捉えていた。

「……好きです。あなたのことが、好き」

気づけば穂乃果は、胸に溢れる愛しさのまま、彼に想いを告げていた。

こうして改めて暁龍に告白するのは、初めてだったかもしれない。しかし、再会してから——いや、香港で肌を重ねる前から、自覚していた。

でも、言葉にすることが怖かった。言葉にしてしまえば、もう後戻りできなくなるから。

けれども、一年前の想い、それに再会してから深くなった恋情は、もう無視できないところまで膨れ上がってしまった。

「あなたの生きている世界をわたしは理解できていない。それでも、あなたが好きで……支えたいと、思うんです」

「……っ」

暁龍は、彼にしては珍しくほんの一瞬声を失った。けれどそれもわずかのことで、すぐさま穂乃果を引き寄せた彼は、激情をぶつけるかのように唇を奪う。

「んんっ……」

強引に侵入してきた舌に、隈なく口腔を舐められる。暁龍のキスは、彼の性格を表すかのようにいつも強制的だが、今回は穂乃果を翻弄するのではなく、持て余した感情のすべてを注ぐようなキスだった。

彼は、喜んでいるのだ。触れている唇から、それが伝わる。「好き」だと告げたことが、これほど暁龍に喜ばれるとは、穂乃果は思わなかった。彼に伝えれば、「俺の想いを軽く見るな」と怒られそうな感想だったけれど。

「は……ぁっ、暁龍……」

息継ぎの間に彼を呼べば、目の前の男が愛おしげに瞳をゆるめる。

「おまえが俺を好きだなんて、わかりきっていた。でも、言葉にされると嬉しい。この年になって、まだ初めて知る感情があったとはな」

「……今まで、ちゃんと言えなくてごめんなさい」

好きだと告げたことで、これほど喜びを露わにされるとは予想外だった。思いがけない彼との再会、そして突然のプロポーズに動揺し、もっとも伝えなければいけない気持ちを後回しにしていたのだ。

「わたし、怖かったんです。花嫁になる覚悟もないのに、好きだなんて……そんなズルイことを言っちゃいけない気がして」

「それでも、おまえは俺に好きだと言った。——取り消しても遅いぞ。これでもう、なんの遠慮もせずにおまえを手に入れられる」

　暁龍は穂乃果の背を撫でながら、頬や首筋に口づけてくる。どんどん身体に力が入らなくなってくると、彼が服をはだけさせ、ブラの上から胸のふくらみを揉みしだいた。

「やっ、ぁ……んっ」

「まずいな。おまえを前にすると、触れずにはいられなくなる。本当に、穂乃果と再会してから浮かれているんだな、俺は」

　どこか感心したように言いながら、暁龍はいとも簡単に片手でブラのホックを外してしまった。

「暁龍……っ」

「少し触れるだけだ。好きだと言われて我慢できるほど、人間ができていないんだ俺は」

「あ……っ」

　暁龍は穂乃果をカウチに押し倒してシャツを脱がせると、一気にブラをたくし上げた。露わになった双丘にすぐさましゃぶりつくと、乳暈ごと強く吸引する。吸い出されて勃ち上がった乳首に唾液をまとわりつかせながら、もう一方の手で形が変わるほど強くふくらみを揉みしだく。

「ああっ……んっ、やぁ……っ」

　はしたない声を上げた穂乃果は、彼の頭をかき抱いた。胸から広がる淫らな熱を、どうにかしたい。　体内はそう訴えるかのように内襞を蜜で濡らし、　蜜口が浅ましくひくついている。

双丘を中央に寄せた彼が、胸の頂きを交互に舐めた。舌先で刺激された乳頭は淫らな疼きを伴って、穂乃果を苛《さいな》む。唾液をまとって光る頂きを目にすると視覚的にも快感を煽られて、ショーツに蜜を滲ませてしまう。

「は、ぁ……っ、暁龍……んんっ」

男の目が、まっすぐに穂乃果の目を捕らえる。凶暴さすら感じさせる眼差しは、今にも穂乃果を食らおうとしているかのようだ。

強烈に惹きつけられて、視線を逸らせない。先ほど彼は、「おまえを前にすると、触れずにはいられなくなる」と言ったが、それは穂乃果も同じだった。彼に触れ、愛されることを望んでいる。理屈ではなく本能に近い部分の感覚が、自分を愛してくれている男が愛しくてしかたないと叫んでいた。

「好き……暁龍……大好き……」

「おまえは……そんなに俺を誘惑するな。せっかく、触れるだけで済まそうとしているものを、堪えられなくなる」

呻くような声で告げた暁龍は、鬱陶しそうに自分のネクタイを引き抜くと、穂乃果のスカートを捲り上げた。膝の裏に手を入れて開かせた足の間に顔を埋める。

「おまえの匂いが濃く香っている。興奮しているようだな」

「言わないで、くださ……ぁ……んっ！」

鼻先で割れ目を突かれて、甘えた声が唇から漏れる。淫らな蜜を含んだショーツを見られるのは恥ずかしいのに、もっと触れられたいという欲求が湧き起こる。相反する感情はなおさら刺激に敏感となり、布越しにぐりぐりと鼻先で擦られるたび、腰をびくびく震わせた。

「ああ、もうスカートまで染みそうだな。やはり、敏感な身体だ。この先もずっと、俺だけに感じていればいい」

彼は左右に結んであるショーツの紐を解き、フッと息を吹きかけた。吐息にすら感じてしまい、花びらの奥で淫芽が疼く。彼は穂乃果の薄い和毛《にこげ》を指で避け、鋭敏になった淫芽を唇に咥え込んだ。

「ああぁ……っ！」

穂乃果は喉を反らせ、甲高い声を上げてしまった。自分の部屋という一番リラックスできる空間で、暁龍に愛撫を施されている。こんなことをこの部屋でしたのは初めてで、まるで身も心も丸裸にされた気がした穂乃果は、羞恥が増して総身を揺らした。

「そこ……ばっかり……やぁ……ッ」

不埒な唇は、ぷっくりと膨れた花芽を美味そうに咥えていたかと思うと、口腔に招き入れて舌で刺激してきた。舌で揺さぶられたことでおびただしい悦楽に襲われ、内股を濡らすほどの愛液が零れている。蜜路はそこを満たす刺激を求めて小刻みに震えていて、どうしようもなく疼いていた。

「……指と舌、どちらがいいか選べ」

花芯から唇を外した暁龍が、穂乃果に問う。快感に侵された思考ではすぐに意味がわからずに、ぼんやりと彼を見上げた。だが、すぐにその意図に気づき肌が赤く染まる。

彼はいつも、穂乃果に選択を迫る。人生を決める重大な選択から、こうして恥ずかしい行為まで、暁龍といると常に何かを選んでいる気がする。でも、嫌じゃない。決して支配的ではなく、穂乃果を尊重しようとしているのが伝わるからだ。

「……が、いいです」

だから穂乃果は、羞恥を堪えて彼に気持ちを告げた。自分が現在何を欲しているのかを、常に何を欲しているのかを伝えるために。

「暁龍、が……いいです」

「……っ」

次の瞬間、それまで穂乃果を翻弄していた暁龍から、明らかに余裕が失われた。そう気づいたときには、乱暴にスカートを剝ぎ取られ、身体を引いて起こされる。穂乃果の服を引き裂くように剝ぎ取った彼は、自身の前をくつろげた。

「おまえは……人がせっかく我慢していたものを、たったひと言でたやすく崩してくれる」

強い欲望をその目に宿し、暁龍はふたたび穂乃果を押し倒した。そして太ももを閉じさせて両膝を胸に押しつけるような格好をさせ、自分で足を持つように促す。

「今はゴムがないから抱かない。ただ、一緒に快楽を得るために少し手伝え。自分で足を持って、この体勢を維持するんだ。できるな？」

問われた穂乃果は反射的にうなずくと、自分の膝の裏を押さえつけた。すると彼は割れ目に猛りをひたりと押し当てて、上下に揺すり始める。

「おまえが望んでいたものは、これだろう？」

「あああぁ……っん！」

生身の熱の塊が、花弁の淫蜜をまとって往復する。閉じた太ももの間を雄芯が行き来する感触に、穂乃果はひどくいやらしいことをしている気分になる。

膨張した太茎に花びらを擦られて、穂乃果の下腹部が熱く潤む。ぬちゅぐちゅと卑猥な淫音が耳をつき、はしたない欲望を伴って体温が上昇していく。

「あ、あぁっ……暁龍……んっ」

「……本当は、おまえの中をぐちゃぐちゃにかき回したいが、それは次の機会にしておこう。今はとにかく、この熱をどうにかしたい」

「んっ、あ、やあぁっ……ンッ」

雁首が割れ目の上部にある敏感な肉粒に引っ掛けられると、強く押し擦られる。小刻みに揺らされた淫芽は蜜に塗れて喜悦を生み、内壁が大きくうねっていた。

「滑りがいいな。擦るたびに溢れてくる。そんなにいいか？　ここが」

「そこ、は……ダメ……ッ、やぁ……っ」

雄茎のくびれで花芽を弄られて無意識に内股に力を込めると、計らずも暁龍の雄茎を強く挟み込んでしまうこととなった。凶暴な猛りがやわらかな腿の肌を擦り、割れ目の花芽を抉る。彼に貫かれているわけではないのに、際限のない愉悦の海へ放り込まれたかのようだ。

「は……挿れてもいないのに、おまえに触れているだけで快感を得られる。やはり、最高の女だな、おまえは」

色気を湛えた声音でささやかれ、最奥がきゅんと窄まった。

蜜を蓄えた体内は、彼の熱塊を感じただけで収縮している。とめどなく溢れた淫蜜が男の猛りにまとわりつき、淫靡な音を立てて穂乃果を苛む。暁龍の先端によって剝き身にされた淫芽と彼自身が擦れ合うたびに、快感の極みへと追い立てられてしまう。

蜜口は浅ましい呼吸を繰り返し、強い悦を求めている。強烈な疼きに支配され、呼気を乱した穂乃果が喘いだ。

「や……暁龍……っ、も……変になる、から……ぁあっ」

「変になる？　俺はもうとうにおかしくなっている。これほどに女に溺れるようになるとは……今までの人生で考えられなかった」

切なげに眉をひそめた暁龍が、腰の動きを止めずにつぶやく。彼のバックグラウンドが明かされたことで、穂乃果は言葉の意味を取り違えることなく理解する。

これまで彼は、大事な存在を作りたくても作れなかった。一族の後継者でありながら身内にその地位を脅かされ、気が休まるときなどなかっただろう。

それが、穂乃果との出会いで変化を遂げた。暁龍との出会いは衝撃的なものだったが、彼は穂乃果が思う以上にこの出会いを大きく捉えていた。

「おまえと出会って、大げさではなく人生観を覆されたんだ。責任を取ってもらうぞ」

「あ、ぁ……っ、くぅっ……ん、あぁっ！」

割れ目を往復する屹立が、ひと際硬く張りつめた。彼自身を潤みきった陰裂に擦りつけられ、剝き出しの肉粒を刺激してくる。自分の膝で押し潰されている胸の頂きは、彼の動きに合わせて膝に摩られ、愛蜜が尻まで滴った。

「あぁっ……もう……いっちゃ……あぁぁっ……ンッ」

「ああ、イけ。俺も、もう少しだ」

低く掠れた声が、耳奥をつく。

愛しくて恋しくて、心のやわらかな部分が締めつけられるこの感覚を、暁龍と共有している。その実感は、彼に与えられる刺激と重なって穂乃果の身体を快感の際へと導いていく。

「あ、あ……ああああ……っ！」

顎を跳ねさせた穂乃果が悲鳴を上げて、自身の膝の裏から手を下ろす。すると暁龍は、小さく呻いて昂りを数度秘裂で往復させた。

「っ、く……」

次の瞬間、雄芯の迸りが穂乃果の腹部と胸を汚した。暁龍が達したのだ。先に絶頂を迎えて力の抜けた目でぼんやりと認識した穂乃果だったが、呼気を乱して自分を見下ろしている男の色香に息を詰めた。

欲を吐き出したばかりだというのに、彼はまだ欲望が収まらないようだった。それでも呼吸を整えると、手近にあったティッシュで穂乃果に散らした残滓《ざんし》を拭ってくれる。

「す、すみません……あの、自分でやりますから……」

「いや、いい。おまえはそのまま、おとなしくしていろ。……それとも、風呂に入ったほうが早いか」

暁龍は言うが早いか、穂乃果の身体を抱き上げた。リビングを出て脱衣所に入ると、そっと下ろされる。

「あの……っ」

「ふたり一緒に洗ったほうが手っ取り早いだろう」

「そういう問題じゃなくて……！」

アパートのバスルームは、スイートと比べるまでもなくそれほど広さはない。ふたりで入れば、身体を寄せ合うことになるだろう。いや、それよりも、一緒に入る必要はないのだ。たしかに身体は快感の余韻で弛緩《しかん》しきっていたが、ひとりでシャワーを浴びられないほどではない。何よりも、異性とふたりで風呂など恥ずかしくてたまらない。

「シャワーを浴びるなら、暁龍が先に入ってください……」

身体を隠しながら、穂乃果が消え入りそうな声で訴える。しかし彼は自身も服を乱暴に脱ぎ捨てると、耳もとでささやいた。

「却下だ。恋人に対してずいぶんな態度だな、穂乃果」

〝恋人〟という言葉の響きに鼓動が跳ねる。「花嫁」だとは何度も言われたが、こうして直接恋人だと言われたことはないように思う。

散々キスを交わして身体を重ねているというのに、こんな何気ないセリフに胸を鷲づかみにされる。嬉しく感じてしまうのは、彼からもたらされた関係性が今の自分が一番受け入れやすいものだったからだろう。

一瞬置かれている状況も忘れてひそかに喜んだ穂乃果だが、それが間違いだった。

「ほら、入るぞ」

「えっ……きゃああっ！」

穂乃果の腕を引くと我が物顔でバスルームに入った暁龍は、素早くシャワーの水栓を捻り湯を出した。いきなり頭から湯を浴びせかけられた穂乃果が悲鳴を上げると、彼は可笑しそうに目を細める。

「なんて声を出すんだ。あまり大声で叫ぶと、護衛が飛んでくるぞ」

「えぇっ⁉　冗談ですよ……ね？」

「冗談でも嘘でもない。ボディーガードは対象者の安全を守るためにいる。悲鳴が聞こえれば、すぐに踏み込んでくるだろうな」

悲鳴が聞こえるほど壁が薄いと思いたくないが、外に声が漏れていないとは断言できない。思わず手で口を覆うと、暁龍はそれをいいことに穂乃果の身体を弄り始める。

「ん……っ」

「いい子だ。洗ってやるから、その調子で声を抑えていろよ」

彼は背中から穂乃果の腰を抱き込むと、手のひらを肌に滑らせた。洗っているというよりも、性的な興奮を煽る動きで、彼は双丘を揉み込んだ。手のひらで円を描き、胸の中心をやさしく揺らされる。

「んっ、あ……や、ぁ……っ」

口を押さえていた手が下りて、腰にまわされていた彼の腕をつかむ。これ以上触れられては、ふたたび身体が熱を持ち、浅ましい欲望を滴らせてしまいそうだ。

「暁龍……変な触れ方、しないでください……」

「諦めろ。どれだけ触れても、おまえが足りない。飢えているんだ、俺は」

「ああぁ……っ」

とうとう穂乃果を洗うという口実を放棄した暁龍は、直接的に快楽を与えることを選択した。勃ち上がった乳頭を二本の指で挟み、淫らにそれを扱《しご》いていく。

「んっ、く……ぅっ……は、ぁ……っ」

「いい声だな、もっと聞かせろ。この飢えは、おまえを抱くことでしか解消できない」

それは、暁龍の激し過ぎる愛情だった。育ってきた環境なのか、それとももともとの性格なのか、あるいはそのすべてなのか——この男の愛し方は、どこまでも貪欲で、どこまでも凄烈だ。

しかし、穂乃果は彼の激情に流されているわけではない。そういう気性を知れば知るほど、いっそう強く惹きつけられている。

シャワーが肌を打つ感触さえも、快感に変換されていく。一方だけの乳首を刺激され、もう片方までもが疼いてきた穂乃果は、たまらず身体を左右に振った。

「も……やめ……っ」

彼に施された愛撫で、ふたたび淫らな快楽に支配され、舌が上手くまわらない。それでもなんとか止めさせようと前のめりとなり、彼の腕から逃れようとしたのだが、それが逆に暁龍を刺激することになってしまった。

「おい、暴れるな。おまえ、どこで尻を振っているかわかっているのか」

腰に彼の欲情が押し当てられた穂乃果は、期せずして背後の男を煽っていたことを知る。先ほど欲を放ったばかりなのに、すでに雄々しく漲っていた。

穂乃果は息を詰めると、後ろ手に彼自身にそっと触れた。湯ではないぬめりを帯びた先端を指でかすかに擦ると、暁龍がびくりと腰を揺らした。

「っ……穂乃果?」

問いかけられたが答えずに、指に先走りをまとわせて先端を撫で擦る。手淫などしたことはない。しかし、自分だけではなく、彼にも気持ちよくなって欲しい。その一心で、穂乃果は彼の太いものを愛撫する。

——はしたないと思われただろうか。それとも、少しは感じてくれている？

男を悦ばせる術を知らないし、彼の表情も見えないため、自分のやり方が正しいのかわからない。ただ、指に伝わる彼はひどく熱く雄々しくて、それだけが穂乃果のよりどころになっている。

少しの間、拙《つたな》い動きで彼自身に刺激を与えていると、やがて熱い呼気を吐き出した暁龍が穂乃果を引き剝がした。

「……穂乃果。こっちを向け。どうせなら、ふたりでしたほうがいいだろう」

「あ……っ」

暁龍は穂乃果の身体を反転させて、壁に押しつけた。裸で向かい合って見つめると、身体の芯が火照り出す。立ち上がる湯気のせいでも肌を打つ湯のせいでもなく、ふたりの頬は紅潮していた。

「おまえの好きに弄ってくれていい。この身体は、髪のひと筋までおまえのものだ」

暁龍はそう言うと、穂乃果の手を自身の下肢へ導いた。片手には有り余るそれを握らされ、生々しい感触に小さな吐息が漏れる。

互いに欲しいものはもう知っている。そう言わんばかりに、先に仕掛けたのは暁龍だった。

穂乃果の唇を塞ぐと、片手で胸を鷲づかみに、もう片方で割れ目を押し開く。蜜を湛えていたそこに指を添わせ、くぷりと音を立てて中に侵入させた。

「んん……んー……っぅ」

指を挿入された衝撃に、彼の唇の中でくぐもった声を出した穂乃果は、快感に蕩けそうな身体を堪え、暁龍の雄茎に指を這わせた。先端からくびれを撫でていると、指先で雄芯がぴくりと脈打つ。彼も感じているのだと思うと、蜜窟が甘く疼いた。

「ンッ……ふぅ……んんっ」

口腔をくすぐる舌の感触も、胎を侵す不埒な指も、溺れそうな愉悦をもたらしてくれる。彼に与えられる快楽に比べれば児戯に等しかったが、それでも懸命に指を動かした。手の内にある猛りを、先端から裏筋にかけてやさしく擦る。すると、蜜窟に埋められていた彼の指が、褒めるかのように内壁を強く押してくる。

「ふ……ッ、ン……ぅっ！」

舌を吸われて声が出せないせいか、体内に淫悦がはびこっている。穂乃果は出せない声の代わりに、熱の塊を必死で扱いた。狭いバスルームには、流水音に混じってふたりの淫音が響き、淫らな気持ちに拍車をかける。

熱く煮え滾る彼自身は、拙い指技に応えて先端から雫を零し、限界まで昂っていた。指に伝わる男の硬度に戦きながらも、自分の手で感じてくれているのが嬉しいと思う。

穂乃果もまた、暁龍の手によって激しい悦の波に呑み込まれる寸前だった。ぐずぐずに溶けた内壁に摩擦を加えられ、乳頭を爪で引っ掻かれる。大きな悦楽が押し寄せて、思わずキスを解いた穂乃果が喉を振り絞る。

「あ、あああ……っ！」

蜜襞が暁龍の指に食いつくように収縮し、穂乃果が高みへと昇り詰める。暁龍もまた、細い指先の淫戯に己を膨張させて低く呻き、穂乃果の腹部に欲を散らす。

浅く呼吸を繰り返しながら彼を見上げると、暁龍は肌に張りついた穂乃果の髪を避けて額にキスを落とした。

「……好き、というだけでは足りない。俺は、おまえを愛している」

達したばかりの身体に、愛の言葉がやさしく染み渡る。穂乃果は彼の胸にもたれかかると、この男と離れられない己を自覚した。

翌朝――。

ふと目を開けた穂乃果は、暁龍の腕にくるまれていることに気づき、幸福感を覚えた。再会してからというもの、彼に抱かれて眠りから覚めると、必ず傍にいてくれる。一年前に突然消えたことへの罪滅ぼしなのだろうが、穂乃果の心情を慮ってくれる暁龍はやはり恋人として素敵な男性だ。

こうしてシングルベッドで抱き合って眠るだけでも、愛しさが募る。男性に夢中になるなんて穂乃果の人生でほぼ無縁だったが、初めて夢中になった相手がこの男で幸福だと感じた。

もう二度と、離れたくないと思うほどに。暁龍に人生を預け、彼を支えて生きていきたいと思うほどに、穂乃果は彼を想っている。

——暁龍の花嫁に、なりたい。

これまで人生の優先順位は、家族と仕事が主だった。それが、今、穂乃果の心の中心には暁龍がいる。彼とともに過ごす時間はかけがえなく、しあわせ過ぎて泣きたくなることもあるのだと初めて知った。求め、求められるしあわせがあるのだと、改めて実感する。

「……暁龍」

彼の名を呼ぶと、長いまつ毛がかすかに震えた。しかし、まだ意識は浮上せず、穂乃果を離すまいとするかのように、ぎゅっと抱きしめてくる。

——伝えよう。暁龍が伝えてくれたように、わたしも……。

穂乃果は力強い腕に抱かれながら、暁龍の花嫁になることを決意したのだった。

＊

船上の花見を楽しんだ翌日。

穂乃果から望んでいた言葉をようやく聞くことができた暁龍は、朝を迎えてもまだ高揚していた。

初めて好きだと告げられて喜ぶなど、どれだけ彼女に溺れているのかと自嘲するも、嬉しいのだからしかたがない。想いを交わすことがしあわせなのだと実感できたのは、間違いなく穂乃果が相手だからだ。

「……暁龍、お話があります」

穂乃果の手作りの朝食を完食してソファでくつろいでいると、彼女は改まって暁龍を見た。わずかに頬を硬くしている彼女の様子に、何を告げられるのかと内心首をひねる。

「なんだ？　やけに緊張しているな」

和ませようとあえて揶揄するように言ったものの、彼女の緊張はほぐれないままだった。よほど大事な話に違いないと、暁龍も表情を引き締める。

「言ってみろ。何かあったなら力になる」

もし穂乃果に悩みがあるなら解決してやりたい。恋人の憂慮を排除するべくそう口にした暁龍だが、彼女は小さく首を振った。

「違うんです。覚悟が決まったことを、伝えようかと……」

穂乃果は暁龍から視線を外さずに、自分の意思を舌にのせる。

「遅くなって……待たせてしまってごめんなさい。でも、ようやく決意しました。わたしを……あなたの花嫁に、してください」

頬を赤らめて、しかし、決然と告げられた暁龍は、次の瞬間穂乃果をかき抱いた。

完全に不意を突かれた。本来、暁龍はそこまで鈍くはない。彼女から〝覚悟〟という単語が出た時点で、平素であれば言わんとしていることは理解できたはずだ。

だが、穂乃果と過ごしてリラックスしていたところだから、反応が遅れたのだ。しかもなかなか承諾を得られなかったものだから、彼女が決意してくれたことは望外の喜びである。それを表すかのように、力任せに彼女の身体を抱きしめる。

「……本当にいいんだな？」

自分らしくない問いかけだ。それでも、訊かずにはいられなかった。なぜなら彼女は、家族や仕事を大事にしている。暁龍を選ぶということは、大事にしているもののうちの何がしかは諦めなければいけないということ。それは、家族に何かあったときにすぐさま駆けつけられる距離にいることだったり、打ち込んでいた仕事を辞めることを意味している。

欲しいと思ったら手段を問わずに手に入れる。それは暁龍の、というよりは、鄒の一族に身を置く者としての当然の在り方だった。

機を逃すな、しかし、選択を誤るな。ビジネスシーンでは深慮遠謀《しんりょえんぼう》、けれども即断即決を求められるのだと、幼いころから徹底して教育されてきた。それを当然だと考え、実行してきたからこそ、暁龍は〝鄒の皇帝〟の異名を取り、経済界に名を轟かせることとなったのだ。

しかし、ビジネスならいざ知らず、人ひとりの人生に関わる話となれば迷いもするし慎重にもなる。それが自身の愛を捧げる唯一の女性ならなおさらだ。

「わたしは、もう暁龍と離れることは考えられません。悩んでも迷っても、最後にはそこに行きつくんです」

そう語る穂乃果の表情は、晴れ晴れとしていた。かなり悩ませただろうに、恨み言はない。

悩み迷うことはあっても、こうと決めればもう揺るがない。彼女のこういった思い切りのよさも好ましいし、自分が望んだ女が覚悟をもって「花嫁にしてください」と言ってくれるとは男冥利に尽きる。

抱きしめている腕をゆるめると、暁龍は改めて穂乃果に告げた。

「おまえを、必ずしあわせにすると誓う。だから、一生傍にいてくれ」

「わたしも暁龍をしあわせにします。一方的にしあわせを享受するんじゃなく、ふたりで分かち合いたいんです」

穂乃果の宣言に、暁龍は舌を翻した。この女は、与えられるばかりではなく与えたい。守られるだけではなく、ともに戦いたい。そう考える女だ。

「そうだな。苦難も幸福も、ともに分かち合おう」

穂乃果へのプロポーズには、一番正しい言葉だろう。

思えば彼女は、最初から暁龍に何かを望んだりしなかった。再会して素性を明らかにしたあとでも、それは変わらない。高価な品物も鄒家や暁龍の持つ財も、彼女にとってはさほどの価値を持っていなかった。ただ、純粋に〝鄒暁龍〟という男を見て、愛してくれた。

だから花嫁に選んだ……否、自分が選んだし、彼女も選んでくれたのだ。この先のふたりの人生が交わっていくことを。

暁龍の言葉に、穂乃果はふわりと微笑んだ。

「……はい。ふたりで共有すれば、苦難は半分になるし……幸福は二倍になります」

「そうだな。それで、式はいつにする」

「は……えっ!? それはちょっと、いくらなんでも気が早過ぎませんか？」

「結婚するなら当然式は挙げるだろう。香港で一族を招いての式を挙げる必要があるが、そのあとに『evangelist』で披露宴をしてもいい。まあ、早くとも俺が正式に後継者として披露されてからになるが」

穂乃果が心を決めたなら、もうなんの障害もない。彼女を花嫁として迎えるために、何が必要かを考え始めた暁龍を、穂乃果が慌てて制止する。

「仕事を辞めるとしても、引き継ぎやら何やらで時間が必要です。それに、まだ暁龍のご家族にだって承諾を得ていないですし……」

「ホテルの仕事に関しては、おまえの選択を尊重する。後悔のないようにすればいい。俺の家族についての心配は無用だ。まさか、結婚に反対するとでも？」

「そういう可能性もあるんじゃないかと……」

「まさか。反対どころか、感謝をされると思うぞ。何せおまえは、この俺に結婚したいと思わせた女だからな」

不思議そうに目を瞬かせる穂乃果に、暁龍はこれまで持ち込まれた縁談をすべて断ってきたこと、花嫁を娶るつもりがないと公言してきたことを説明する。

「……昨日も言ったが、たいせつな存在は弱みになる。だから、どれだけ好条件の縁談があっても心が動かされることはなかった。一生独り身でいいと宣言していたんだ。父も義母も、それでも構わないと言ってくれたが……孤独にはなるなと諭されていたな」

自分の妻を最悪の形で喪った父の文彬。彼は暁龍が二十歳になると、再婚をした。母の死の真相を知った暁龍は、父の再婚が信じられなかった。再婚に反対だったわけではない。弱みとなる存在をふたたび抱え込んだ父の選択が、信じられなかったのだ。

けれども、穂乃果と出会った今なら父の心情が理解できる。

——母が亡くなったことで、父は孤独に苛まれていた。

巨大企業の長として、一族の総帥として、日々その肩にのしかかる重圧は、想像を絶するものだったろう。自身が経験したその孤独を、息子に味わわせたくないと考えて、文彬は幾度も縁談を勧めてきた。それらをすべて撥《は》ねつけてきたから穂乃果というかけがえのない女と出会えたわけだが、父の心情を考えると申し訳ない。頑なだった己の言動はひどく子供じみていたと、今は思える。

「……父も義母も、おまえを歓迎する。安心していい。ほかに何か心配はあるか？」

彼女の懸念をひとつずつ潰し、逃げ道を塞いでいく。穂乃果が自分を選んだなら、遠慮する必要はない。あとはただ、彼女を己の腕に抱きしめ、一生手放さない。その決意を周知させるのみである。

穂乃果はしばらく考えを巡らせて、そして首を振った。

「心配はないです。あなたのご家族に受け入れてもらえるなら……わたしを花嫁にすることで、暁龍が家族から責められたりしないのなら安心です」

「どこまでも、俺本位で考えてくれるんだな。その真心に応えるためにも、俺もおまえの家族に許しを請いたい」

穂乃果の家族に結婚の許しを得て、彼女を香港へ連れ帰る。約一カ月後に控えたパーティーで、花嫁だと宣言してしまえばもう誰に横槍を入れられることもない。

「……ありがとうございます。家族には、今度予定を聞いておきます。それと、ひとつだけ聞きたいんですが、一カ月後に鄒家が主催するパーティーって、なんのパーティーなんですか？」

「俺の誕生パーティーだ。そこで、後継者として正式に披露されることになっている」

「ど、どうしてそんな大事なことを言ってくれなかったんですか！」

「プロポーズの答えをもらっていない状態で、余計なことを考えさせたくなかったからな。おまえのことだから、重要なパーティーだと知ればまた悩んでいただろう」

「それは……そうかもしれないですけど」

「しかし、情報は提示していたぞ。俺が後継者として披露されることも、パーティーが開かれることも」

ただし、それらは小出しにされた情報に過ぎない。暁龍の誕生日など穂乃果は知らないだろうし、それらは一般に開示されていない情報だ。彼女から問われれば教えていたが、これまで問われた記憶はない。

「誕生日パーティーなら、そうと言ってくれればよかったのに。わたしだって、暁龍をお祝いしたいんです」

「悪かった。……だが、俺にとって誕生日は、祝うべき日ではなくなった。十五年前からな」

母の命日が自分の誕生日であり、そして、死の真相を聞かされた日でもある。二十歳のときは節目としてパーティーを開いたが、それ以降は派手なパーティーは行っていない。父も再婚しているが、母の命日だけは義母とともに毎年墓参りに訪れる。暁龍にとって十五年前から誕生日とは祝うべき日ではなく、母の死を悼む日となっていた。

説明すると、穂乃果の表情が曇る。暁龍は、そんな顔をさせたいわけじゃないと告げ、肩をすくめて続けた。

「今年は、後継者として披露されるためにパーティーを開く。誕生日云々は、ただの口実に過ぎないから気にするな」

「……暁龍にとって、誕生日はつらいものだとしても、わたしにとっては大事な日です。お母様のお墓参りには、一緒に連れて行ってもらえますか？　ちゃんと、ご挨拶したいんです。暁龍の、花嫁として」

「ああ……そうしてくれると母も喜ぶ」

暁龍は、穂乃果の首に下がる鎖をそっと指で触れた。それは、彼女と出会ったときに置いていったペンダントだ。叔父の手の者によって引きちぎられた鎖は修復され、以前と同様に戻っている。

「これは、代々一族の総帥に受け継がれるものだ。そして、総帥は伴侶となる者にそれを渡すことになっている。……それと同時に、俺にとっては母の形見でもある」

「えっ……そんなたいせつな品を、置いて行ったんですか？」

驚く穂乃果に、暁龍はうなずいた。

「あのとき、このペンダントを置いて行くことに躊躇はなかった。おまえと再会を果たすんだという決意の表れでもあった」

「暁龍……」

だから、穂乃果がこのペンダントを身に着けているのを見て、やはり運命だと思った。

一族にとって、そして暁龍にとって大事な品を、なんの説明をせずとも持っていてくれた。

どれだけそのことに喜んだのか、きっと彼女は知らないだろう。

それだけではない。もう長いこと、誕生日は、母を永遠に喪った日という認識だった。

だが、去年の誕生日に穂乃果と出会ったことで、それも変わろうとしている。

「おまえとの出会いは、母からの贈り物だったのかもしれんな」

朱辺りに聞かれれば、いつからそんなロマンチストになったんだと言われそうなセリフだ。柄にもないと自覚しているが、人生をともにする女と出会ったのだから、そう考えてもおかしくはない。

暁龍は穂乃果を抱き寄せると、パーティーで花嫁を披露する日に向けて算段を始めた。

5章　極上の寵愛

　暁龍が来日してから、約ひと月。満開に咲いていた桜が青々と生い茂る緑葉に姿を変え、日差しがアスファルトに色濃く影を作るようになったころ。穂乃果は暁龍の希望により、休日に彼を実家へ連れて行った。もちろん、彼が自らを穂乃果の恋人であり、花嫁に迎えたいと意向を伝えるためである。

　実家は穂乃果の住むアパートから、車で約四十分の場所にある。郊外によくあるタイプの建売住宅で、今は父母と弟妹の四人が住んでいた。

　本当はもっと早くに会いたいと暁龍は望んでいたのだが、彼と穂乃果、それに家族の休日を合わせた結果、花見から半月後となってしまった。

「――鄒暁龍です」

　この日、揃って暁龍を迎えた家族は、まず彼の登場から驚くことになった。家の前には高級感溢れる黒塗りの車が連なり、中から出てきた体格のいいボディーガードらが、暁龍と穂乃果を恭しく扱っているからだ。

──やっぱり、驚いてるなぁ。

父母のうろたえぶりに、穂乃果はこっそり苦笑した。

家族には簡単に彼の素性を説明し、なおかつ恋人であり、結婚を考えている相手だと伝えていたものの、実際に見るのと聞くのとでは違うようだ。それに加えて、暁龍の威風堂々とした佇まいに圧倒されている。慣れている穂乃果でさえそうなのだから、彼に初めて会う家族はそれ以上に気圧されていた。

現在は、リビングのソファに暁龍と穂乃果が並んで座り、その対面に父がいる。カウンターキッチンから母が茶を持ってくると、弟妹が遅れてリビングに入ってきた。

「穂乃果ちゃんの彼氏が来てるってー?」

そう声をかけてきたのは、妹の柚穂《ゆずほ》。

「おい、おまえ挨拶くらいしろよ」

柚穂を冷静にたしなめるのは、弟の成彰《なりあき》だ。久しぶりにリビングに一家が揃うことになり、母は心なしか浮かれ、父は娘の恋人を前にどう接していいかわからないようだ。

家族の顔をそれぞれ見ると、暁龍が口火を切って頭を下げた。

「このたびは、貴重なお時間を割いていただき感謝します」

暁龍は、穂乃果といるときとは違い、かしこまっていた。それは初めて見せる彼の一面で、穂乃果はつい見惚れてしまう。鄒一族の後継者として、揺るぎない言動で自分を翻弄する彼も素敵だと思うが、こうして改まった彼も一段と魅力が増して見える。

ビジネスの席ではこういった態度なのかもしれないと想像していると、父母が恐縮して頭を下げた。

「穂乃果から、あなたについて少し聞いています。香港で有名な一族の御曹司だと……うちはご覧の通りごく一般的な家ですし、とても釣り合うとは思えないのですが」

もっともな感想を口にしたのは父だった。実直で家族をたいせつにしてきた父だからこそ、突然現れた男を前に警戒しているのだろう。

穂乃果の年齢からすれば、恋人や結婚相手を紹介してもおかしくはない。だが、やはり住む世界が違うというのが第一印象だ。

「ご心配はもっともだと思います」

懸念を口にする穂乃果の父を前に気分を害したふうでもなく、暁龍は熱を込めて語り始めた。

それまで結婚をすることなど考えていなかったが、穂乃果と出会って初めて結婚を考えたこと。自分の実家は少しばかり名が知れているが、それがふたりの結婚の障害にはならないこと。そして、何よりも穂乃果を愛していること。

それらを時に熱く、時に冷静に言葉にする彼の姿に、最初は不審そうだった家族たちも、いつの間にか引き込まれていた。

「私は穂乃果さんと出会って、彼女のやさしさに救われました。彼女を育ててくださったご両親に感謝を伝えたい。そして、彼女が愛するご家族、その一員となることをお許しいただきたいと思い、今日ご挨拶に伺いました」

暁龍の真摯な言葉に、家族、そして穂乃果も胸を打たれていた。

となりに座る彼を見つめると、そっと手を握ってくれる。ふたりで自然と微笑み合ったとき、父は暁龍に頭を下げた。

「……穂乃果には、小さなころからずいぶん助けられてきました。長女でしっかり者だから甘えることができない子なんです」

「ええ、知っています。私は、彼女に支えてもらっていますが、彼女のことも支えたいし甘えてもらいたい。そして、ご家族のことも。穂乃果がなんの心配もせず、私の傍にいられるように全力で守ります」

暁龍は、穂乃果の家族ごと、守ろうとしてくれている。それが、当然だと思っているのだ。

——私のことをやさしいと言ったけど……暁龍のほうが、ずっとやさしい。

彼が母親を亡くした経緯を聞いたときは、その痛ましさに言葉にならなかった。どれだけ言葉を重ねようとも、暁龍が心に負った傷は癒せない。母親を喪ったことで、大事な存在を作らないと決めた心情も理解できた。

しかしその彼が、こうして〝家族〟を……大事な存在を増やそうとしている。穂乃果だけではなく、その家族のことまでも守ってくれようとするのは、考えるよりもずっと大きな覚悟が必要だっただろう。

「私は五月に一度香港へ戻らなければいけません。結婚をお許しいただけるなら、彼女とともに香港へ向かって私の両親に紹介します。どうか、大事なお嬢さんとともに人生を歩むことをお許しください」

暁龍は、正面に座る父母をまっすぐに見据えてそう告げた。そこには、なんの駆け引きもない。ただ愛する女性との結婚を求める男の姿がある。

「……穂乃果が初めて家族に紹介してくれた男性だ。ふたりの気持ちがたしかなら、私たちは祝福します。……鄒さん。穂乃果を、よろしくお願いします」

父の言葉に、その場にいた家族が全員うなずく。母は涙ぐみ、弟妹はほんの少しだけ寂しそうだが、それでも笑顔を浮かべてくれた。

「ありがとう……お父さん、お母さん……成彰に柚穂も」

穂乃果は胸がいっぱいで、ようやくそれだけを口にした。

実家をあとにするころには、夜の帳《とばり》が下りていた。

暁龍と車の後部座席に乗り込むと、ボディーガードの運転する車でアパートへ向かう。彼の横顔をちらりと見遣り笑みを零した穂乃果に、暁龍の手が伸びてきた。頬を撫でながら視線を合わせてきた男は、どこか安堵している。

「……ありがとうございました。父も母も喜んでいました。それに、弟たちも」

「弟には、最初はだいぶ警戒されていたようだが」

「すみません。わたしのことを、心配してくれているんです」

「わかっている。……おまえが育った環境を知ることができてよかった。おまえのやさしさは、彼らによって育まれたんだな」

数名のボディーガードに囲まれての仰々しい登場に、最初家族たちは戸惑っていた。けれども、暁龍が真摯に向き合ってくれたおかげで、最後には打ち解けて話していた。成彰などは、彼が穂乃果を本気で妻に望んでいると知ると、今度は彼の仕事について詳しく聞き始めた。ちょうど就職活動を始めたところで、様々な業種に興味があるようだ。

暁龍は「その気があれば知り合いの企業に口を利いてもいい」と申し出ていたが、成彰は「自分の力を試したいから遠慮する」と断った。その答えを聞いた彼が、「穂乃果の弟は骨がある」と笑い、暁龍と家族との和やかな時間を過ごすことができた。

柚穂は暁龍を見たとたんに頬を赤らめ、まるで憧れの芸能人を目の前にしたかのような反応をしていた。

家族それぞれと時に笑いを交え、時に真剣な面持ちで語る暁龍を見て、穂乃果はますます彼に対する想いを強くすることとなった。

「いきなり現れて大事な家族を攫《さら》う男に対して、皆あたたかな対応をしてくれた。いい家族だな。俺も、ああいう家庭をおまえと作りたい」

これまでに見た彼の表情で一番やわらかく微笑まれ、胸の鼓動が大きく鳴った。

暁龍の過去を聞き、穂乃果は彼の受けた傷を知った。一生独り身でいいと宣言するほど、母親の死は彼に大きな影を落としていたのだ。

それが、今は穂乃果と家族になろうとしてくれている。彼の傷ついた心のすべてを癒せるなどと自惚《うぬぼ》れてはいないが、少しでもいい。安らぎになれればいいと、そう願う。

「ごく普通の……帰ればホッとできるような家庭がいいですね。子供もたくさん欲しいですし」

「それは、誘っているのか？」

頬を撫でていた暁龍の手が、意味ありげに唇に触れる。何気なく描いていた未来を口にしただけの穂乃果だったが、彼に指摘されて初めてその意味に気づき狼狽する。

「誘っている、とかじゃなくて……その、そうであったらいいという願望というか」

「同じことだ。そんなに可愛い顔で可愛いことを言われたら、充分誘われている気分になる」

暁龍の中指が、穂乃果の唇を割って口内へ侵入した。

小さく呻くような声を上げた穂乃果は彼の肩を押し返そうとするも、長い指先に舌を撫でられて身体を震わせた。欲を煽る手つきで頬や舌を侵されて、まんまと彼の手管に乗ってしまいそうになる。

唾液をまとわせて口腔を這う指先の動きは卑猥で、彼に慣らされた身体は劣情を湛えていた。たった指一本で己を翻弄する男が、今は恨めしい。

なぜ車の中でこんな行為をするのか——そう問うこともできず、咎めるように彼の指に歯を立てて目つきを鋭くすると、暁龍が片目を眇めて指を引き抜いた。

「怒るな。おまえが可愛いから、悪戯しただけだ。人目のある場で、手を出したら嫌がるだろうからな」

「……もう、変なことしないでください」

「花嫁を愛でて可愛がるのは変なことじゃないだろう」

まったく悪びれずに言ってのけると、彼は端整な顔を引き締める。

「あとは、おまえのホテルでの仕事だが……本当は、仕事を続けさせてやりたい。だが」

「そのことは、もう何度も話したじゃありませんか」

暁龍にプロポーズの返事をしてから、穂乃果の今後の仕事について話し合った。

彼の花嫁となる決意を固めた穂乃果は、同時に仕事を辞める決心をしていた。だから、プロポーズの返事から時を置かずに、フロントマネージャーに報告に行った。

穂乃果が暁龍専属のコンシェルジュとして配属された経緯を知っている上司に退職の旨を伝えると、「社長にも伝えるがもう少し考えてみろ」と引き止めてくれた。『evangelist』には香港に系列ホテルがある。彼と結婚して香港に移り住むことになっても仕事を続けようと思えば続けられるから、社長にかけ合うこともできる、とも。

暁龍は「穂乃果の選択を尊重する」と言ってくれていたし、ホテルの仕事に未練がないと言えば嘘になる。

それでも、穂乃果の意思は固かった。生半可な覚悟では彼のとなりに立てないと思ったし、鄒一族の後継者である暁龍の花嫁ともなれば、否応なしに注目される。まだ公になっていない今でもボディーガードをつけるくらいだから、危険もそれだけ多い。何よりも、彼の母親と同じように狙われないとも限らず、そうなれば悲しむのは暁龍だ。

だから穂乃果は、マネージャーに仕事を辞める気持ちは変わらないと伝えている。規定により、三カ月前には退職を伝えなければいけないため、正式に『evangelist』のスタッフでなくなるのは三カ月後。その間有給消化もあるため、出勤する日数はそれほど多くない。世話になったホテルやスタッフに少しでも恩返しできるように、残りの日数を精いっぱい勤め上げようと決めていた。

「あなたがわたしを選んでくれたように、わたしもあなたを選んだんです。コンシェルジュになるのは夢でしたけど、今のわたしは夢よりもあなたが大事だから。暁龍は気にせず、自分のするべきことをしてください」

五月のパーティーで、正式に後継者として披露される。名実ともに鄒一族と経営のトップに立つ暁龍は、その準備で多忙を極めることになるだろう。

「……わかった。おまえが選択を後悔しないよう、全力でおまえを愛す」

「今までは全力じゃなかったんですか？」

「茶化すな。今まで以上に、だ。その身で思い知ればいい」

穂乃果の想いを十二分に受け取り、暁龍が宣言する。愛しい男に首肯すると、彼は満足そうに穂乃果の左手を取って、薬指を軽く食んだ。

「パーティーまでに、指輪を用意するから待っていろ。この指に俺のものだという印をつける。誰にも邪魔はさせない。おまえを世界で一番しあわせな花嫁にする」

怖いくらいに真剣な暁龍の声音に、穂乃果は息を呑む。〝邪魔はさせない〟という言葉は、裏を読めば〝邪魔が入るかもしれない〟という意味を含んでいる。

彼は父と義母にだけ、パーティーに花嫁を連れて行くと告げていた。穂乃果の存在は、パーティーまでの間は徹底して秘匿されている。暁龍が「獅子身中の虫」だと切って捨てた叔父の存在が理由である。

「暁龍のお父様とお義母様に会うのが楽しみです」

「……ああ。向こうもそう言っている」

暁龍の憂いを理解して、それを払しょくするように明るく告げると、気づかいを感じ取った暁龍に笑みが戻る。

穂乃果は笑みを返すと、暁龍に寄り添うのだった。


五月初旬になると、穂乃果は有給で暁龍と香港の地を訪れた。一週間後、鄒家が主催するパーティーに、彼のパートナーとして参加するためである。

パーティーまでの間は、中環エリア中心部に位置するホテル『evangelist』香港支店のスイートルームに宿泊し、準備を整えることにした。このホテルに宿泊を決めたのは暁龍だったが、穂乃果が少しでも馴染みのある場所でリラックスできるよう配慮したのだろう。

彼と出会ったときはオープン前だったこのホテルも、開業してからはかなり稼働率が高いと聞く。研修に参加していた身としては誇らしい。まさか一年前は自分がゲストとして訪れることになるとは思わなかったが、オープンしたホテルを見られたことに感慨を覚えた。

「……それにしても、まさかプライベートジェットで来るとは思いませんでした」

ようやく人心地着いた穂乃果は、感嘆の吐息混じりにつぶやいた。

ホテルのスイートももちろん素晴らしいのだが、香港の地に降り立つまでの機内もまた、スイートに勝るとも劣らない豪奢な内装だった。

広々としたプライベートジェットの機内は、ラウンジスペースやメインダイニング、オフィススペースから寝室までが完備されていた。いっさいの負担なく過ごせるような造りになっており、さながら空飛ぶスイートルームである。

羽田《はねだ》から香港国際空港までのフライト約五時間弱の間、ゆったりと空の旅を楽しむことができた。加えて、専用のターミナルを利用するため、出入国手続きもかなりスムーズだった。おかげで、旅の疲れはまったくない。

「おまえも自由に使っていい。日本へ戻るにも便利だぞ。時間も短縮できるからな」

「そんな気軽に使えないです……」

彼にかかれば、ジェット機すらも街を走るタクシーと変わらない感覚である。こういうところは住む世界が違うと感じるところだが、暁龍の花嫁になる以上慣れていかなければならないだろう。

「それよりも、ドレスはあと数着作ってもよかったんだぞ。数着あればデザインもいろいろ遊べるだろう」

「もう充分です！　日本にだって、もらった服がたくさんあるのに……」

　香港に到着して、暁龍はまず贔屓《ひいき》にしているという老舗《しにせ》のテーラーを訪れ、穂乃果のドレスをオーダーメイドした。彼の希望でチャイナドレスをオーダーすることになり、すぐに布地とデザインを決めて採寸を済ませた。通常は仕上がるまで半月ほどかかるというが、上得意である暁龍の頼みならと、請け負っていた仕事を後回しにし、五日で仕上げるという。

　恐縮する穂乃果に、暁龍は口角を上げて答えた。

「服はいくらあっても困るものじゃない。俺のパートナーとして、公の場に出る機会もあるからな」

「それはそうでしょうけど、ドレスだけじゃなく、宝飾品とかバッグとか……暁龍は、とにかく一度に買う金額が大き過ぎるんです」

　テーラーを出ると、彼はあらゆるハイブランドショップで宝飾品や小物を購入した。それらはすべて、穂乃果がパーティーで着用するための品だと知り、さすがに驚いてしまう。彼の花嫁となる以上、その立場に合わせた品を身に着ける必要性があるのは理解できるのだが。

「おまえは慎み深いが、こういうときに遠慮は無粋だぞ。パーティーで、世界一の花嫁だと自慢したいからな。早く、ドレス姿のおまえをエスコートしたい」

晩龍は言いながら、穂乃果を窓際に連れて行った。床から天井にかけて続く一面の大きな窓からは、ヴィクトリアハーバーやヴィクトリアピークが一望できる。見事な夜景に見惚れていると、彼が背中から抱きしめてきた。

「どうだ、香港の夜景は？」

「綺麗ですね……吸い込まれそうです。そういえば、暁龍のご実家はどの辺にあるんですか？」

「ヴィクトリアピークの頂上付近だ。三階建ての一軒家だから、やはり眺めはいいぞ」

何気なく言う暁龍だが、穂乃果はまたも驚くこととなった。香港で戸建て住宅に住まうことができるのは、一部の富裕層のみだと聞いたことがある。しかも地価が高いヴィクトリアピークは、香港の中でも有数の高級住宅地として有名だ。

――実際に見たら、また驚くことになるかも。でも、その前に暁龍のご両親と会う緊張で驚く暇はないかな。

この夜景の中にあるだろう暁龍の実家と彼の両親について想いを馳せていると、首筋に濡れた唇が押し当てられた。

「ん……暁龍、ダメです……痕ついちゃいますから……」

「俺といるのに、意識をほかへやるからだ。ふたりでいるときは、俺のことだけを考えていろ。俺はふたりでいるときは、全神経をおまえに集中させているぞ」

暁龍は穂乃果の首筋に顔を埋めながら、片手で胸を揉みしだいた。もう片方でワンピースの裾を捲り上げ、太ももを撫で回す。

「やっ……ンッ」

「嫌か？　もう肌が熱くなっているが」

欲を孕《はら》んだ声音が耳に吹き込まれ、一気に熱が上がった。彼と密着し触れられているだけで、体内が疼く。いつの間に、こんなにはしたない女の身体になったのかと眩暈《めまい》がする。再会してからの濃密な時間で、すっかり触れられることに慣らされてしまった。暁龍が滾らせる淫らな欲望が肌から浸潤し、内奥が満たされたいと浅ましく疼いている。

「暁龍……っ、明日も早い、から……」

明日はドレスの仮縫いに赴くことになっている。パーティーまでに仕上げてもらわなければいけないため、朝一番で店を訪れることになっていた。

暁龍の手を押し留めようとすると、彼は太ももから離した手を、背中に移動させた。その手でワンピースのファスナーを引き下ろし、穂乃果を下着姿にさせてしまう。

「まだ眠るには早い時間だ。パーティーまでの間は少し忙しくなるから、今のうちにおまえを補充させろ」

尊大に言い放つと、ショーツの上から恥丘を押した。指先で割れ目をなぞられて、蜜を湛えていた恥部がひくつく。彼の胸に背を預けるようにのけ反ると、暁龍の指がショーツの中に忍んでくる。潤い始めた蜜孔に指を差し入れられて、鼻にかかった甘い声が漏れた。

「あ……っ、あぁっ、ん！」

「いい声だ。それに、色っぽい」

艶を帯びた低音でささやき、浅い部分を擦られる。彼は入り口でゆるく抽送したまま、空いている手でブラを押し上げた。乳首を押し出すように揉み込まれ、媚肉が収斂する。

思わず目の前の窓に手をつくと、汚れひとつないガラスには、見事な眺望と淫らに頰を紅潮させた己の顔が映っていた。

「や……ここじゃ……ダメです……っ、ん！　外から、見えちゃ……」

「ここは最上階のスイートだぞ。周囲にあるビルからだって見えはしない。俺が、おまえのいやらしい姿をほかの人間に見せるはずがないだろう」

窓ガラス越しに、暁龍が不敵に笑う。自分の痴態を見られていると思うと、激しい羞恥に襲われて、咥え込んでいる男の指を強く締めつける。ふしだらだと恥じ入る一方で、やはり強く彼を求めてしまう。

暁龍はわざと焦らしているのか、浅い場所で指を行き来させていた。それでもくちゅくちゅと粘つく水音が大きくなっていき、彼の手でこね回されている胸の頂きは硬く尖る。胎の内側に溜まる劣情は切ないほど強く、身体の芯を溶かしていく。

窓に映り込む彼の瞳は、怯みそうなくらいの情欲に塗れていた。

「餓鬼でもないというのに、どうにも我慢が利かなくなる。こういう状態を色惚けというのかもしれないな」

「あ、あぁっ……！」

勃ち上がった乳首を扱かれて、逃れるように上半身を前傾させると、蜜口に挿入されていた指が角度を変えて媚肉を押し擦る。

再会してから、もう何度身体を暴かれたことだろう。そのたびに穂乃果は暁龍に馴染んでいき、今ではもう彼のいない生活が考えられないほどだ。女として愛される悦びを教え込まれて、心身が満たされる。そんなしあわせを初めて知った。

「やぁっ、んっ……あっ……は、あぁっ！」

「一年離れていた分、もうおまえと片時も離れていたくないんだ、俺は。本当に、どこか頭のネジがゆるんでいるとしか思えない」

彼の行為は濫《みだ》りがわしいのに、告げられる言葉は純粋に響く。おまえが好きでたまらないのだと、愛してやまないのだと、男の言動が語っていた。〝鄒の皇帝〟とまで呼ばれる暁龍が、何も持たない自分をこれほどまで欲してくれている。それが嬉しい。

「離さない、で……いいです。この先も……ずっと」

穂乃果は快感に苛まれて呂律のまわらない舌で、小さく告げた。彼が与えてくれる愛される悦び、それ以上の何かを自分が差し出せるのなら、なんでも差し出したい。それが、彼の愛に応える術だと思うから。

「言われなくても離さない。いや……もう、離せない」

自身の前を解放した彼は、穂乃果のショーツを太ももまで引き下ろした。熱を孕んだ吐息が首筋にかかり、次にくる淫靡な質量に備えて内奥から淫らな雫が太ももを伝う。

彼はいつの間に準備していたのか、避妊具を自身に着けると、熱棒を蜜に濡れた秘裂にひたりと密着させた。その質量をもう何度も受け入れているはずなのに、いつも息を忘れてしまうほどの期待感に襲われる。どれだけ抱かれても、まるで初めてのときと変わらない新鮮なときめきを覚えていた。

「——我愛你《ンゴー・オイ・ネイ》」

穂乃果といるときは日本語を使う暁龍が、広東語で愛を告げる。それだけ余裕を失っているのか、それとも単に母国語で愛を伝えたかったのか。かすかな疑問が脳裏をよぎった刹那《せつな》、張りつめた陽根が体内を貫いた。

「やっ、ああああ……んっ！」

振盪《しんとう》される腰の動きに堪えられず、剝き出しの乳房を窓に押しつけて身体を支える。冷えたガラスは高まった熱を冷ますどころか、押しつけている胸に新たな快楽を刻んでいく。蕩けた体内に挿入された猛りはとてつもない充溢《じゅういつ》感を植えつけて、甘い猛毒となって下腹に凝る。蜜路を拡げて奥まで到達した雄が抽送を始めると、徐々に粘ついた淫音を奏で始めた。

「んっ、くぅ……っ、ああっ……！」

「見てみろ。俺に抱かれているおまえは、夜景よりも美しい」

窓ガラスに映る暁龍が、口角を上げる。目の前には、愛しい男に貫かれ陶然《とうぜん》とする女の顔がある。思わず視線をずらして夜景に集中すると、夜を焦がすネオンの中に放り込まれたような浮遊感を味わった。

「この俺をこんなに夢中にさせるのは、あとにも先にもおまえだけだ……穂乃果」

睦言《むつごと》が甘く耳に響き、媚肉が彼を締めつける。理性も理屈も関係ない。強烈な磁力に引かれるように、鄒暁龍という男に心を奪われている。一年前にこの地で出会ったのは運命なのだと、素直に思える。

「は、ぁっ……暁龍……っ、ぅん！」

繰り返し蜜襞の弱い部分を抉られて、ひたすら嬌声を上げていた。襞の蠕動は己の意思では止められず、それどころか男のものを絞り上げるかのように絡みついている。

胎の内がうねり、官能が全身に蓄積されていく。ふたりの境目がわからなくなるほど密接な交合に、喜悦が高まり背をしならせた。

「あぅっ……もう……イッちゃ……あぁぁっ」

「イけ。何度でも、おまえを感じさせてやる」

迫りくる絶頂感に悲鳴を上げる穂乃果に、暁龍が執拗に肉襞を穿ってそれに応える。

彼によって高みへ押し上げられる感覚に総身を震わせながら、穂乃果の意識は快感に塗りつぶされた。


香港を訪れて二日目の朝は、あくびをかみ殺すことから始まった。

昨日暁龍に連れられて行ったテーラーをふたたび訪れた穂乃果は、仮縫いの間中ずっと目をしばたたかせていた。

その様子を見た朱が微笑みを浮かべ、からかうように声をかけてくる。

「暁龍に、無理をさせられたみたいね？」

「いえっ！　そういうわけでは……」

「隠さなくていいわ。だって、暁龍はすっきりした顔してたもの。おかげで、今日の予定はつつがなく終えられると思うわ」

彼は今日仕事の都合で仮縫いに付き合えないため、代わりに朱につき添うよう命じていた。土地勘もあるしひとりでも来られたのだが、ひとりで行動するのは暁龍が許してくれず、代わりに朱を寄越したのだ。

朱だけではなく、通常よりも多くのボディーガードをつけられている。心配し過ぎだと思うが、それで彼が安心して仕事に専念できるのならばと、彼の命に従った。

「朱さんも、すみません。わざわざお付き合いいただいて……お仕事だってあるのに」

「私の仕事は、主である暁龍の憂いを取り除き、仕事に集中してもらうことよ。仕事には、主の花嫁となる方をお守りすることも含まれるの。それに、私がつき添ったほうが都合がよかったでしょう?」

朱の言葉に、穂乃果は素直にうなずいた。

今日は暁龍と別行動のため、彼の誕生日プレゼントを購入しようと考えていた。普段は四六時中彼とともに過ごしているため、プレゼントを用意する暇がないのである。

どうせならサプライズにして驚かせたい。そう朱に相談したところ、仮縫いが終わったらプレゼント選びに付き合ってくれることになった。

「誕生日をお祝いされることを嫌っていたけれど、穂乃果が祝ってくれるなら喜ぶわ、きっと。だから気にせずに、私を使ってちょうだい」

朗らかに笑った朱は、「それよりも」と話題を変えた。

「ドレスの出来が楽しみね。暁龍は、てっきり穂乃果に白いドレスを着せたいのだと思っていたけれど、黒とは意外だわ」

「あ、白いドレスは、結婚式までにとっておくと……」

今回のドレスは、黒の昇龍柄の生地を使い、肩には薔薇柄のレースの生地を使用している。ボディーラインがくっきりと出るロングドレスで、太ももまで大きく切り込まれたスリットが入っているデザインだ。セクシーだが上品で、穂乃果に似合うと暁龍が断言している。

「さすが暁龍は、穂乃果に似合う服を心得ているわね。このドレスも素敵になると思うわ。結婚式は、また豪華なドレスになるでしょうし、今から楽しみだわ」

「その前に、パーティーです。初めてご両親にお会いするので、緊張してしまいそうで」

「心配ないと思うわよ？　何かあれば暁龍がフォローしてくれるでしょうし、あなたは息子の選んだ女性だもの。文彬様も奥様も、家族としてあたたかく迎えてくださる。懐の大きい方たちだから」

朱は安心させるように言いながら、ふと口調を真面目なものにした。

「……暁龍の花嫁になる覚悟をしてくれて、ありがとう穂乃果。以前食事をしたときは、あなたにいろいろと言ってしまってごめんなさいね」

「いえ、気にしていません。朱さんは、心配してくれていたんですよね？　わたしが、彼の事情を知らなかったから……」

「それもあるわ。でも、我が主ながらあの男は強引だから心配していたの。あまりにも性急に事を進めて、あなたに逃げられたら元も子もないじゃない。一年も会わずに想っていた女性にフラれたら可哀想だからね」

冗談めかして言う朱だが、間近で彼を見てきたからこそ思うところがあったのだろう。

彼女の話では、暁龍は会えない間もずっと穂乃果の動向を探っていたそうだ。『evangelist』日本支社の社長である佐伯から情報を引き出しては、日本に駆けつけたい衝動を抑えていたのだという。

「社長経由でわたしのことを……?」

「そうなのよ。彼が表立って動くと、いろいろ問題が生じるからね」

朱の言う〝問題〟とは、暁龍を排除しようとしている叔父のことだろう。手の届かない場所で穂乃果に危険が及ぶのを避け、自分だけに目を向けるよう暁龍は香港に留まった。そして、ようやくあと数日で、彼は正式に後継者として披露される。

「穂乃果を花嫁とするため、自身の立場を盤石にするために、一年接触せずに過ごしてきたものだから、実際に会って箍が外れているんでしょうね。所構わず盛っちゃって」

「す、すみません……」

「穂乃果のことじゃないわ。困った主だこと」

肩をすくめた朱は、穂乃果の仮縫いが終わると、先に外のボディーガードと合流するようにと言った。ドレスについて店主と細かな打ち合わせがあるようで、穂乃果は言われた通りに店の外に出ると顔見知りであるガードの姿を捜す。

——あれ? お店の外で待っているはずなのに……どうしたんだろう。

周囲に視線を走らせた穂乃果だが、猛然とこちらへ向かってくる車が目に留まる。

ハッとしたときには、もう遅かった。穂乃果の進路を塞ぐように停まった車から、体格のいい男が素早く出てくると、口を塞がれた。

「……ぐっ」

「おとなしくしていろ。騒げば命の保証はしない」

広東語で冷ややかに告げられて、背筋に冷たい汗が流れる。

もとより屈強な男相手では、抵抗する隙もない。穂乃果は助けを呼ぶ間も与えられないまま、男に車に押し込まれた。

＊

「——いったい何をしていたんだ、おまえは……！」

穂乃果が何者かに攫われたと朱から報告を受けた暁龍は、すぐさま滞在しているホテルに戻り、激高して彼女を叱責した。

もともと気性は荒くなく、ビジネスでは冷静さを失うことがない。その暁龍が怒りも露わに秘書を怒鳴りつけたことは、それだけ激しく動揺していることを示している。

「申し訳ございません。弁明のしようもありません」

深々と頭を下げる朱だったが、その表情はいつになく硬い。軽口も封じ、状況のみを簡潔に説明する。

「私がテーラーから出ると、ボディーガードたちはすべて排除されていました。彼女から目を離したのは、ほんの三分程度……その間に連れ去られたとなると、かなり場数を踏んだ精鋭だったのではないかと」

「……」

穂乃果に今日つけていたのは、選りすぐりの護衛たちだ。その中には、日本へ連れて行った者も含まれている。暁龍がもっとも信用する腕を持つプロ中のプロである。その彼らが、犯人に後れを取ったということは、朱の言葉に違わずよほどの武闘派だったと予想できた。

ボディーガードらは、犯人によって路地裏に放置されていた。朱が見つけたときに彼らは傷を負っており、犯人と応戦したあとだったようだ。護衛らの動きを封じ、わずかの隙を突いて穂乃果を攫ったというわけだ。

携帯はもちろん通じず、GPSで追跡もできない。となると、情報を収集して行方を捜す以外に手はなかった。警察に通報するという手段も、過去の悲劇の記憶から選択肢に入れていない。それに相手はこちらの護衛を無効化できるほどのプロだ。このタイミングで穂乃果を攫ったことを考えると、明らかに身代金目的ではないと推測できる。

——とうとう、直接的な手段に出たか。

あと数日で、暁龍は正式に後継者として任命される。そうなる前に、暁龍の弱点である穂乃果を手中に収め、彼女と引き換えに取引を持ちかける腹積もりなのだろう。暁龍が後継者になるのを阻止するために。

忌々《いまいま》しげに舌打ちをした暁龍は、眉間のシワを深くした。

「……俊杰、だな」

「おそらくは。現在、彼女の行方と、俊杰の持っている不動産物件を調べています。誘拐した彼女を隠す場所は限られているので、すでにあたりはつけていますが……」

この香港で、暁龍の目をかい潜り、行動することは難しい。街のあらゆる場所に、情報の目を張り巡らせているからだ。

ドレスの仮縫いを済ませた穂乃果がテーラーを出たのが、昼前。そこから暁龍に報せが入り、ホテルに戻ったときには午後二時をまわっていた。その間に、朱は穂乃果の行方を捜すべく手を打っている。攫われてからのタイムロスはほぼないことから、じきに叔父の所有する不動産の中から目ぼしい物件が報告に上がってくるだろう。

理屈ではわかっている。しかし、愛する女を奪われた衝撃は、理屈で割り切れるものではなかった。

この一年、暁龍は叔父の力を削ぐことに注力してきた。自身が一族の頂点に立つため、また、事業をこれまでよりさらに拡大させるためには、一族が一枚岩となって取り組まなければならない。一族内で争っていれば、同業他社につけ込まれる。自分が父から経営を譲り受けて鄒が衰退することなど、絶対にあってはいけないからだ。

叔父が敵にまわらなければ、それでよかった。しかし、叔父が長年培ってきた執念ともいうべき野望は、簡単に潰えない。だから暁龍は、一年かけて少しずつ叔父を孤立させていった。鄒の基幹事業の経営から彼を外し、代わりに末端企業をひとつくれてやった。次期総帥である自分と叔父の立場を明確にし、分不相応な野望を捨てるよう促した。

暁龍が後継者として披露されるまでおとなしくしていれば、いずれ経営陣に戻してもいいと考えていた。だが叔父は、その前に牙を剝いた。

「……窮寇《きゆうこう》は迫ること勿れ、か」

逃げ道を、というよりは、協調路線を残したつもりだ。一応身内である男を、窮鼠《きゆうそ》にしないための措置でもある。けれども叔父は、残された道を歩むよりも、自ら退路を断つことを選んだ。すなわちそれは、暁龍をなんとしても後継者の座から引きずり下ろすという決意の表れでもある。

「朱、怒鳴って悪かった。今回は俺の失策だ。まさか叔父がここにきて強硬手段に出ると思わなかった」

暁龍は、先ほど朱を怒鳴りつけたことを謝罪した。穂乃果のこととなると冷静さを欠いてしまう。

この誘拐は、完全に己が叔父の妄執を侮っていたことで起きた。監視だけでは生ぬるかったのだ。身柄を拘束するくらいでなければ、叔父を制することはできなかった。

日本で穂乃果が狙われたときにそうしなかったのは、己の中にまだ叔父を身内だと思う甘さが残っていたからだ。

「あの男はもう身内ではない。完全に敵として事にあたる。もう二度と、大事な者を喪うのはごめんだ」

母が命を落としたときとは、状況が違う。それでも暁龍の脳裏には、十五年前の悲劇が思い起こされる。いずれも、鄒家の持つ巨万の富や利権を手にしようとする輩の利己的な犯行によるもので、母も穂乃果も巻き込まれただけに過ぎない。

自身の誕生日に母を喪い、十五年を経て今度は愛する女性が危機にさらされている。これでもし穂乃果の身に何かあれば、自分自身を許せない。

「暁龍……穂乃果は、無事よ。取引材料である彼女に、現時点で危害を加えるとは考えにくいわ」

暁龍を気づかった朱が、気休めを口にする。彼女の言っていることは一理あるが、希望を多分に含んだ予測である。それは本人もわかっていることだったが、少しでも主の負担を軽くするためにあえて告げたのだ。

携帯に目をやると、午後三時。穂乃果が誘拐されてから約三時間が経つ。俊杰が動くのが先か、暁龍が穂乃果を見つけるのが先か、時間との勝負になる。

「……要求があるとすれば、パーティーで後継者から降りると宣言しろ、というところか」

「ええ。間違いないでしょう。俊杰にとっても、最後のチャンスでしょうから」

「そこまでするとは……それほど一族の総帥になりたいのか」

自身でも資産を築いている暁龍は、鄒から受け継ぐ資産にそれほど強い固執はない。後継者としてあろうと決めたのは、父を支えたいという意志と鄒家に生まれた者の使命感からだ。

しかし、俊杰は違う。己の欲望のみで鄒家の頂点に立ちたいだけだ。

穂乃果に手を出したことは許しがたい。暁龍が歯噛みして、携帯を握り締めたときだった。

スイートに、携帯の着信が鳴り響いた。

＊

「――う……っ」

瞼を開けた穂乃果は、まず痛みを感じて呻き声を上げた。

硬い床に転がされ、後ろ手に縛られている。かろうじて足と口だけは封じられていなかったが、周囲を見回しても容易に逃げ出せる状況ではなかった。

——ここは……どこかの倉庫……？

なんとか上半身を起き上がらせると、改めて視線を巡らせる。

今いる場所は、一面コンクリートに覆われた場所で、そこそこの広さがある。だが窓もなく、何も置かれていない。天井の裸電球だけが唯一の光源の簡素な室内だ。

屈強な男に拉致された穂乃果は、車に押し込められて目隠しをされた。そのときに手首を拘束され、身動きができないままここに運び込まれたのだ。

外からも音は聞こえず、完全に外界と隔離された空間で、穂乃果は気づけば意識を失っていた。自分がどれだけの間気を失っていたのか、時間を確認しようにも携帯の類は取り上げられているため、それもかなわない。

——暁龍、心配しているだろうな。

おそらく、自分を誘拐したのは彼の叔父の手の者だろうと予想している。暁龍が後継者として任命されるパーティーがすぐそこに近づいているため、彼を脅して辞退させるつもりなのだろう。一年前、暁龍はこういった事態を恐れて穂乃果から離れた。それなのに、こうして最悪の形で彼の足を引っ張ることになってしまった。

「暁龍……」

彼の名を無意識に口にして、胸が締めつけられる。

十五年前、彼は誕生日に母の死を経験した。それが原因で、大事な人間を、弱みとなる存在を作らないと決めた。もしも、穂乃果が十五年前の彼の母と同じような目に遭えば、暁龍の心に大きな傷となって残るだろう。

それだけは、なんとしても避けなければいけない。彼の傍で生きると決めたときから、彼を悲しませることはしないと思い定めている。まだ出会っていなかったときの分も含めて暁龍の誕生日を祝うために、なんとしてもここから脱出しなければならない。

——助けは呼べない。そうなると、自力で脱出？　でも、この部屋の外には見張りがいるだろうし……。

部屋の出入り口は、固く閉ざされた一枚の扉のみ。この場がどこであるのかも、今が昼なのか夜なのかもわからない現状で、何ができるのかと考える。

するとそのとき、この部屋唯一の扉がゆっくりと開いた。

「目が覚めたのか。花嫁」

広東語でそう声をかけてきたのは、穂乃果をこの場に連れてきた屈強な男たちではなかった。恰幅のいい身体を揺すり、薄い頭髪を手で撫でている中年の男である。薄ら笑いを浮かべている様は、どこか卑小な印象で、穂乃果は怖気を覚えつつ広東語で問いかける。

「あなた、は……？」

「私は、鄒俊杰。鄒一族の正当な次期総帥だ」

やはり、暁龍の叔父が自分を誘拐したのだ。予想していたこととはいえ、まったく悪びれない男を前に、穂乃果は無駄を承知で声を上げる。

「どういうつもりですか？　わたしのことをご存知なら、早く彼のところへ……暁龍のところへ帰してください」

「それは無理な相談だ。キミにはパーティーが終わるまでここにいてもらう。なに、おとなしくしていれば手出しはしない。暁龍が後継者から降りると宣言さえすれば、すぐに帰してやろう」

俊杰は勝ち誇ったように笑い、太鼓腹を揺すった。この男は、暁龍が誕生日に母を喪ったことを知っている。にもかかわらず、こうして穂乃果を誘拐し、卑怯にも脅している。

「あなたは、彼の叔父でしょう？　身内を脅すような真似を、どうして……」

「キミにはわかるまい。長年日陰で生きてきた者の気持ちなど。文彬の引退は、私が鄒の長となる最後の機会だ。あの若造に一族の総帥など荷が重い。本来なら、文彬だってそうだ。それが一族を我が物顔で手中にしているとは……親子揃って忌々しいにもほどがある！」

俊杰は語るうちに興奮したのか、語尾を荒らげた。どこまでも自分勝手な理屈で暁龍を窮地に立たせようとする男の言葉は腹立たしく、穂乃果の声に険がこもる。

「……一年前に暁龍を襲ったのも、あなたですか？　それと、日本でわたしを襲おうとしたのも？」

「ああ、そうだ。後継者に指名される前に、暁龍を痛めつけてその座を退かせるつもりだった。だが、あいつは逃げおおせたうえ、この私を閑職へ追いやりおった！」

激しい怒りをまき散らしながら、俊杰が穂乃果に近づいてくる。後ろ手に拘束されている不自由な状態でどうにか距離を取るべく後退したものの、すぐに壁を背負ってしまう。

「キミを日本で襲わせたのは、暁龍に対するけん制もあったが……少し脅せば、キミのような一般人は身を引くと思ったのだよ。花嫁にと望んだ女に逃げられれば、暁龍にダメージを与えられるからな」

「なぜそこまで、暁龍を……」

「私が受けた屈辱は、キミにはわかるまいよ。しかしキミも、わざわざ日本から来て哀れだったな。まあ、暁龍が一族の総帥になれずとも、あの男には個人資産が残っている。もちろん総帥として手にする金額とは比べるべくもないが、暮らすには不自由しないだろう。それとも、あの男から私に乗り換えるか？」

俊杰が腰を折り、穂乃果に手を伸ばしてくる。顎を持ち上げられた瞬間ゾッとして、反射的に顔を逸らした。

「だ、誰があなたなんかと……！　暁龍は、卑怯な真似をする人に屈したりしません！」

「……あの男の花嫁だけあって、小生意気な女だ。いいだろう。二度と暁龍のもとに戻れない身体にしてやる」

「やめ……っ！」

下卑た笑みを浮かべた俊杰は、穂乃果のシャツを引き裂いた。ボタンが弾け飛び露わになった胸もとには、暁龍からもらったペンダントが揺れている。

身体を捩って隠そうとしたとき、俊杰が呆然とつぶやきを漏らした。

「そのペンダントは……彼女の……寄越せ！　それは、私のものだ……！」

先ほどまでの様子と打って変わり、俊杰が鬼のごとき形相で穂乃果に襲いかかってくる。逃れるために足をバタつかせて男をけん制するも、我を忘れた俊杰には通じなかった。穂乃果に蹴られるのものともせずに、ペンダントの鎖に手をかける。

「離して……！」

「うるさい！　玉怜の形見は私のものだ！」

引きちぎらんばかりに鎖を引っ張られ、穂乃果の首筋に鎖が食い込む。豹変した俊杰に戦きながらも、暁龍から預かっているペンダントを死守しようと身体を左右に振った。

「ええい、忌々しい！　どこまで邪魔をするんだ……！」

俊杰が手を振り上げ、穂乃果目がけて振り下ろそうとする。次に来るであろう衝撃に、とっさに目を閉じた、そのときだった。

「――そこまでだ！　穂乃果から離れてもらおうか」

聞き慣れた愛しい男の声が、室内に響き渡った。

目を開けると、入り口から暁龍とボディーガードたちがなだれ込んでくる。

「暁龍……！」

暁龍は穂乃果に一瞬目を向けると、その姿を見て怒気を滲ませた。肌に突き刺さるような圧と激しい怒りに、俊杰が気圧されて立ち尽くしている。その間に穂乃果たちの前に立った暁龍は、叔父の横面を力の限りで殴り飛ばした。俊杰が床に転がり、呻き声を上げる。

「ぐっ！」

「身内だと思って見逃していたが、もう看過できない。鄒俊杰……貴様を一族から追放する。一族の総帥としての初の仕事を、ずいぶんとつまらん仕事にしてくれる」

「おまえが……おまえさえ生まれなければ……！」

怨嗟《えんさ》の唸りを上げる俊杰を睥睨《へいげい》すると、暁龍はボディーガードに顎をしゃくった。命を受けたボディーガードが素早く俊杰を拘束するのを見届けると、暁龍が自身の上着を穂乃果の肩にかけて抱きしめる。

「……悪かった。おまえを守ると言っておきながら、危険な目に遭わせてしまった」

腕をかすかに震わせ、暁龍が謝罪する。穂乃果はようやく大きく息をつくと、彼の腕の中で首を振った。

「大丈夫。暁龍が助けに来てくれるって、信じてましたから」

「穂乃果……」

「だってわたしは、あなたの花嫁になるんです。少しくらい危険なことがあっても、怯んだりしません。そういう覚悟で、あなたの傍にいるんです」

怖くなかったとは言えない。けれども、穂乃果は暁龍が来ると信じていた。そして、絶対に無事に帰って誕生日を祝うんだと、強い意志で俊杰と対峙《たいじ》していた。

穂乃果の言葉を聞いた暁龍は、縛められていた手首の拘束を解いた。上着ごと穂乃果を抱き上げると、ようやく安堵したように表情をゆるめる。

「……俺の花嫁になると、今後こういうことが起こらないとも限らない。だが、もう二度といっさい危険な目に遭わせない。おまえを手放すという選択は、俺の中にないんだ」

「わたしも、離れるという選択はありません」

暁龍の覚悟に応えるように、穂乃果は彼の胸に顔を埋めた。

数日後――。

穂乃果は真新しいチャイナドレスを身に着けて、暁龍の実家を訪れた。

誕生パーティーの最後に鄒文彬の後継者として正式に発表された彼は皆の前に立つと、穂乃果を花嫁として紹介した。

その場にいた招待客、そして、彼の父と義母も、喜ばしい報せを揃って祝い、穂乃果をあたたかく迎え入れてくれた。記念すべき日を無事に迎えられたこと、花嫁として受け入れられたことが嬉しく、穂乃果は終始笑顔で暁龍のとなりにいた。

堂々とした佇まいで招待客をもてなしていた彼もまた、笑顔を絶やさない。その様子を見た文彬夫婦も微笑ましいと言って笑い、パーティーはつつがなく終了した。

「――無事に終わりましたね」

その日の夜。彼の実家に泊まることになり、穂乃果は暁龍とともにゲストルームにいた。大きな窓の向こうに広がる香港の夜景も見事なものだったが、それよりもまず家そのものに驚いている。

ヴィクトリアピークの頂上付近にある三階建ての一軒家は、まさに白亜の大豪邸だ。所有する敷地面積は二千平方メートルを超え、土地建物だけで数百億円はくだらないという。

山頂付近は特に地価が高いと聞いていたが、さすがに規模が違い過ぎて想像が追いつかなかった。

「ホテルの景色もいいが、ここからの景色も悪くないだろう」

「はい……本当に、夢のような景色ですね。こうしていると、いろいろあったことが嘘みたいに思えます」

暁龍とふたりで夜景を見つめながら、ここ数日にあった出来事を振り返る。

穂乃果が誘拐された翌日、朱から事件の顚末を聞いたところ、俊杰に対して一族で制裁を行うことになったという。それはある意味、警察に引き渡されるよりも苛酷な罰を受けることになると朱は語っていた。

そして、なぜ俊杰があれほどまでに、総帥の座に執着したのか。もちろん莫大な富を手にするという理由もあっただろうが、それだけではなかったようだ。

「……叔父さんは、暁龍のお母様のことが好きだったんですね」

もともと俊杰の婚約者だった暁龍の母は、文彬と恋に落ちてしまった。表向きはふたりを祝福していた俊杰だが、婚約者を奪われた恨みは消えることがなかった。

「長年積み重ねてきた負の感情が、母の死によって歪んだ形で現れたんだろう」

穂乃果に答える暁龍は、どこかやり切れないという感情を声にのせる。

「手に入れ損ねた女の代わりに、総帥の座に執着した。おそらくは、父が総帥だから母を手に入れられたと考えているんだろう。……母の形見に執着する姿は哀れだったが、同情の余地はないな」

語る彼の声は、低く重い。身内を断じなければならなかった心境を思い、穂乃果はとなりに立つ彼に自分から抱きついた。

少しでも癒せればいいという気持ちで大きな背中に腕をまわすと、暁龍はふと身体から力を抜いた。

「心配するな。俺には憂いている暇などない。過ぎたことよりも、おまえとの未来を考える」

暁龍は穂乃果の背を強く抱き、身体の線をなぞった。腰から臀部を撫でつつ、スリットの入った太ももに手を移動させる。

やさしい手つきで摩られて、穂乃果は少し潤んだ目で男を見上げた。

「暁龍……あんまり、触れられると……困ります」

「なぜだ?」

「だって、ここは……」

さすがに彼の実家で、不埒な行為に及ぶわけにはいかない。目だけでそう訴えるも、暁龍は気にするどころか穂乃果の太ももに指を食い込ませた。肩を震わせる穂乃果に構わずに、スリットから覗く足を撫でている。

「や……っ」

「パーティーの最中、このドレスを脱がせたくてしかたなかった。こんなに身体のラインをくっきり見せられると、理性を試されている気になるな」

「ドレスは……暁龍が選んだ、のに……」

「そうだな。見せびらかしたい気持ちと、誰の目にも触れさせたくない独占欲とで、非常に悩ましいところだった」

両手で尻たぶを鷲づかみにした彼が、笑みを深める。言葉にせずとも、吐息や表情、仕草の端々に愛情と欲情を潜ませている。晩龍にはもう先ほどまでの憂いは見当たらず、ただ、愛する女を求めている。穂乃果は内心でホッとすると、彼の胸に顔を埋めた。

「その……あんまり、激しくしないでくださいね……」

「それは約束できない。今夜のおまえは、魅力的過ぎる。白い肌に黒いドレスが映えて……」

「あっ……ッ、ン」

晩龍は少し身体を離すと、肩の少し上にあるフロッグボタンを外した。胸もとが開けられて、剝き出しのふくらみがこぼれ落ちる。ボディーラインが強調されたドレスのため、ブラは着けていなかった。とっさに胸を隠そうとする穂乃果だったが、彼はそれを阻んだ。

「隠すな、見せろ」

「や……恥ずかしい……です」

「何度も抱いているのに、まだ恥ずかしがるか」

漆黒の瞳に笑みを浮かべた晩龍は、穂乃果の腕を引いた。そしてベッドに押し倒し、弾むふたつの双丘に口づける。胸の尖りを甘噛みされて腰が甘く崩れていくのを感じ、穂乃果は彼の首に腕をまわした。

「あぁっ……！」

刺激を受けて甘い声が零れ、身をくねらせる。足のつけ根はドレスを濡らす勢いで、とろりと愛蜜が滲み出ていた。

こうなればもう、あとは官能の波に呑まれるのみ。暁龍になされるがまま、愛を確かめ合うだけだ。そして自分もまたそれを望んでいるのだと、高鳴る鼓動と熱く綻ぶ体内が伝えてくる。

暁龍は胸の頂きを咥えながら、スリットから忍ばせた手を足の間に差し入れた。何も着けていない無防備なそこに触れた男が、一瞬顔を上げて片頬笑む。

「下着を着けていないんだな」

「そ、れは……朱さんが、着けないのが正式な作法だと……」

ドレスは裾が長いが、左右の太ももまでスリットが入っている。際どいデザインのため、少し捲れば秘めたる部分が見えてしまい、パーティーの最中は少々緊張していた。

「正式な作法でもないが、俺が喜ぶことは間違いない。ただし、ほかの男にこの肌も身体も見せてやるのは惜しい。今後このドレスは、俺の前だけにしろ」

彼は乳頭に唾液をまとわせながら、割れ目に指を沈ませていく。ぬかるみは難なく指を受け入れて、濡れ襞がきゅうっと絡みついた。根元まで指を呑み込み、節までもをありありと感じてしまい、穂乃果は官能の吐息を漏らす。

「は、ぁ……ん……っ」

肉襞が歓喜して淫らな涎《よだれ》を垂らし、蜜口が窄まる。ゆるく指を抽送させ、朱色に染まる乳頭を舐め転がしていた暁龍は、とびきり魅惑的な声音で穂乃果にささやく。

「穂乃果……俺が愛する女は、生涯おまえだけだ」

甘い言葉とやさしい彼の手つきは、穂乃果を悦ばせることに長《た》けていた。彼の実家で抱かれることに抵抗がないわけではないが、今日ばかりは暁龍に否は言いたくない。

なぜなら今日は、彼と自分にとっての記念日だから。

「お誕生日、おめでとうございます……暁龍。これからは、毎年お祝いさせてくださいね」

彼にとっては母の命日でもあり、祝う気持ちは持てないかもしれない。

だが、ふたりにとっては出会ったたいせつな日であり、何より暁龍が生まれた大事な日だ。だからこれからは、自分がこれまでの分をこの日を祝おうと決めている。

「でも、ちゃんとしたプレゼントを用意できなくて……来年は期待していてくださいね」

「俺にとっては、おまえの存在が何物にも代えがたいギフトだ。おまえはただ、その身ひとつで俺を愛してくれればそれでいい」

暁龍は穂乃果から指を外し、その身体を横臥させた。すでに張りつめた自身を取り出し、ドレスの裾を捲り上げ片足を抱え込む。剝き出しになった秘裂に昂りをあてがわれ、中がことさら疼きを増した。

彼自身がゆっくり埋められ、全身が快楽に染まる。穂乃果はこれ以上ないくらいの幸福と安心感を覚え、その身で彼の愛を受け止めた。

エピローグ

暁龍が正式に後継者として指名されたパーティーから、三カ月経ったある日のこと。

『evangelist』日本支社で、盛大な披露宴が開かれた。

香港ではこのあと、改めて式と披露宴の開催が決定している。鄒一族の主だった人間から、取引先の企業まで、招待客は政界財界から芸能と、様々な分野の著名人を招くことになっていた。

日本での披露宴は、世話になったホテルのスタッフをはじめ、親族や友人、そして穂乃果の希望により、朱やボディーガードらも招き、親しい身内だけを集めての宴にした。

とはいえ、やはり鄒家の披露宴とあり、『evangelist』でも最大の広さを誇る宴会場で行われるため、豪華なことに変わりはないのだが。

「――穂乃果。準備はいいか」

穂乃果が控え室にいたところ、暁龍が入ってきた。

フロックコートを身にまとっている彼は、長身も相まってより端整な容姿を際立たせていた。シルバーのアスコットタイを締めている姿に目を奪われていると、彼の視線が穂乃果に注がれる。

「さすが俺の花嫁は、美しい」

暁龍が感嘆の吐息を漏らし、称賛の言葉を告げた。

今日の穂乃果は、シンプルなプリンセスラインのドレスに身を包んでいる。腰まわりにふんだんにあしらわれたレースが花束のように重なり、クラシカルだがボリュームを出している。そして、左手の薬指には大きなダイヤが飾られていた。

南アフリカの鉱山でしか採掘できない天然のブルーダイヤモンドで、原石のカットに数カ月を要したという。値段を考えると気が遠くなりそうだが、穂乃果がまだプロポーズを受ける前から用意を始めたと聞いて、改めて暁龍のスケールの大きさに驚くこととなった。

稀少な分高価なダイヤは、澄み切った深い青を湛えて堂々と輝いている。暁龍は穂乃果の手を取ると、甲にそっと口づけた。

「愛している。何度言っても言い足りないこの想いは、これから一生かけて伝えていく」

真摯な告白を聞いた穂乃果の瞳に、涙が浮かぶ。

偶然の出会いは、彼の強い想いによって必然となった。愛し愛される幸福を教えてくれた男を、一生かけて支えていきたいと思う。

　暁龍に促されて立ち上がると、彼が顔を覗き込んできた。

「泣くな。押し倒したくなる」

「そ、それはダメです……」

「それなら、せめてキスをさせろ」

　彼は不敵に片目を眇めると、穂乃果の唇を奪った。やがてキスが熱を帯びたものへと変化し、どんどん深くなってきたとき……控え室の扉がノックされ、穂乃果は慌てて暁龍から離れた。

「そろそろ時間か。この続きは、今夜までお預けだな」

「もうっ……こんなときに、何を」

「世界一美しい花嫁を前に、浮かれているだけだ。――行くぞ、穂乃果」

　微笑んだ暁龍が、穂乃果に手を差し出す。その手に自分の手を添えた穂乃果は、この先彼と歩む未来を想像し、満面に笑みを浮かべたのだった。

あとがき

はじめまして、もしくはお久しぶりです。御厨翠《みくりやすい》です。

このたびは、拙著をお手に取ってくださりありがとうございます！

前々作が『王様』、前作が『財界帝王』の異名をとるヒーローだったので、担当様に「次は皇帝にしたいです」とお話ししたところ、ご快諾いただいて出来上がったのが本作品です。偶然の出会いにより、花嫁に望まれることになったヒロイン穂乃果と、強引で有り余る欲情を隠しもしないヒーロー暁龍。たった数日過ごしただけのふたりの運命が交わって、強く惹かれあっていく……そんな主人公たちの姿を楽しんでいただければ幸いです。

イラストは、南国《なんごく》ばなな先生が担当してくださいました！　前作に続き二度目のご縁をいただけた幸運に感激しております。表紙の下画だけでも、強力な色艶のある主人公たちの姿に大興奮です！　出来上がりが楽しみでしかたありません……！

最後になりましたが、担当様を始めとする本作に携わってくださった皆様に改めてお礼申し上げます。いつも励ましてくれる友人の住城《すみじょう》、執筆のサポートをしてくれる家族。なによりも、この本を読んでくださった皆様に、心より感謝いたします。

それでは、また、別作品でお会いできることを願いつつ。

御厨　翠

“長い脚をソファに投げ出しているその様は、さしずめ
大きな肉食獣――しなやかで美しい黒豹を思わせる。”

好きな一文です。
作中とは服が違いますが黒豹感で⇩

描かせていただきありがとうございました。
南国ばなな

Illustration gallery
＊カバーラフ
＊イラストラフ
＊口絵ラフ

Opal

大《だい》富《ふ》豪《ごう》皇《こう》帝《てい》の極《ごく》上《じょう》寵《ちょう》愛《あい》

オパール文庫をお買い上げいただき、ありがとうございます。
この作品を読んでのご意見・ご感想をお待ちしております。

ファンレターの宛先
〒102-0072　東京都千代田区飯田橋3-3-1
プランタン出版　オパール文庫編集部気付
御厨 翠先生係／南国ばなな先生係

オパール文庫＆ティアラ文庫Webサイト『L'ecrin《レクラン》』
http://www.l-ecrin.jp/

著　者——**御厨 翠**(みくりや すい)
挿　絵——**南国ばなな**(なんごく ばなな)
発　行——**プランタン出版**
発　売——**フランス書院**
〒102-0072　東京都千代田区飯田橋3-3-1
電話(営業)03-5226-5744
　　(編集)03-5226-5742
印　刷——誠宏印刷
製　本——若林製本工場

ISBN978-4-8296-8307-1 C0193